翼想本

翼想本

人生售後服務部
SECOND LIFE
AFTER-SALES
DEPARTMENT
01
千川
OOI CHOON LIANG｜繪

目錄

第一章 我們的財產，他們的幸福

這世上什麼都大不過生離死別，誰也擋不住生離死別。這件事就是很沒道理地橫在所有人的面前，大搖大擺地跟我們說──這是一道無解的習題。

但人總是捨不得的，我們捨不得的有太多。捨不得曾經撫在臉頰的餘溫，捨不得那曾經縈繞在耳邊的笑聲，捨不得那每天早上都有的一碗溫熱豆漿，捨不得每天晚上都有人為你關的那盞燈。

所以我們用書、照片、影像、音樂等等方式去留下了那註定要失去的人和物。

可你我都清楚，這是不夠的。

自治市外的人都會說人需要接受現實。可在自治市內，我們是幸運的，即便我們依舊有著各式各樣的問題，即便我們依舊沒有辦法挽留逝去的那些，但我們擁有的不僅僅是書、照片、影像或者音樂。

我們還有「複製」。

如果我的母親沒有複製重生，我的妹妹蕊兒恐怕連母親的記憶都不會有。而一位女性的成長如果沒有母親的陪伴，這無疑是一件悲傷並且可怕的事。沒有一個成熟女性的教導，她想必也沒有辦法擁有淑女般的……

「噢噢噢噢！歐巴好帥！你去當兵我也不會忘記你的！」

……前言撤回，淑女跟她真的沒什麼關係。

我劃掉最後一句話，嘆著氣闔上了日記本，咀嚼幾下已經沒有什麼味道的口香糖，仰著頭，閉著眼睛，憑著感覺吹起了泡泡。

吹泡泡這種事是技術活，我還沒上學就迷上了這種有趣的行為，一開始連泡泡都吹不出來，到後來每天都被泡泡糊了一臉。

而被糊了一臉後，我就會吐掉口香糖去洗臉，因為感覺好髒。於是我從一開始小心控制地練習，現在基本上吹得出泡泡，也能夠收得回來而不破裂。

「啪……」

輕輕的聲音響起，口香糖糊了我一臉。

「蕊兒妳吃撐了啊！」

我慌忙扯著臉上的口香糖，頭疼地發現，因為吹得太大，口香糖還沾黏了一些額前的劉海。

坐著的轉椅回轉向外，面前的少女帶著毫無愧疚的笑容，還很可惡地搓了搓她的手指——好像在回味剛才戳泡泡的觸感。

「這是本能啦，本能！」

「什麼本能？」

「看到泡泡肯定會想要戳一下嘛，多舒壓。」

這世上有很多人喜歡用「你沒有妹妹」這句話當作攻擊，但在我看來，這應該是一種最強禁咒等級的祝福。

別的家庭我不知道，但我家這位，外面和家裡的區別大到可以懷疑她是不是人格分裂，哪怕你閉上眼，光聽她說話都會有一種連聲優都是不同人的感覺。

所以那種在網上怒刷自己妹妹存在感的人，基本上就和發美食照的情況是一樣的。

你以為他今天吃的真的是牛排？不，這照片其實是他上個月照的，他現在吃的是泡麵。你以為他妹妹真的今天在家門口，糯聲軟語地喊他一聲「哥你回來啦～」了嗎？

不，這句話最後一次出現的時間，是在她學齡前。

現實就是殘酷，美好只在童年。

砰砰。

敞開的房門被母親敲響，她用不帶一點火氣的聲音責備：「妳哥哥明天第一天上班，不要欺負他了。」

蕊兒不服氣地嘟囔：「我是想幫他打氣，他剛才沒精打采的。」

「謝謝妳啊！」我咬牙切齒地說著，然後不自覺地將目光看向她今晚的頭髮，頓時覺得各種不適應。「啊！妳能不能別隨便弄雙馬尾！左邊的歪了！簡直不能忍！」

「忍不了就別看，你這個死處女座！」

這種話是全世界最不講理的話了，明明打扮起來就是要給人看的，如果做不到整整齊齊、賞心悅目，那花這個時間幹麼？

看著一點都不平衡。

「我跟妳講啊，做人最重要的就是要專心，弄雙馬尾不要心不在焉的，來來來，老哥幫妳重新綁一……」

「你有病吧！老哥，每次你幫我弄頭髮，沒一個小時根本停不下來，我都要睡了，你也不看看現在幾點了。」

「我跟妳說，就算是睡覺，也要整整齊齊的，明天起床頭髮才比較容易……」

「修元，早點休息，你最近太常熬夜，眼袋都有了。」母親穿了一身綠色的連身長裙，頭髮剛剪過，很普通的齊耳短髮，「今天十點必須睡覺喔。」

「呃，等我弄完老妹的頭髮就……呃，好的，妳也早點睡，媽。」我在母親微笑地注視下，不甘不願地放開了不斷掙扎的蕊兒。

母親姓孫，單名一個嫻字，脾氣很好，從小到大我幾乎沒見過她發火……確切的說，在我十二歲時第一次見到「她」開始，我就沒看她發火過。

可即便如此，她的話語在我們這個四口之家裡，卻是格外的具有分量。

這種分量源自於父親對她的依賴，以及蕊兒對她的依戀。

至於我？我一開始是最不適應她存在的人。因為我眼睜睜地看著自己的親生母親躺在病床上，撒手人寰，然而半年後，我卻看到「她」一模一樣地出現在我面前。

當時的我剛升上國中，複製人制度已在自治市實行多年，所以很快我就理解到底發生了什麼事。

但理解並不等於接受。甚至到現在，我也不明白自己當時到底在想什麼，只記得自己僵硬著身軀，避開了來自複製人母親的手。

我還記得她當時眼裡的傷感，但那傷感並不是因為我的疏冷，而是一種來自母愛的疼惜。

直到回家之後，我看到蕊兒毫不猶豫地撲進母親懷裡，發出喜極而泣的哭聲。我才強迫自己正視這個事實。

也是在那個時候，我才發現，這位小我六歲的妹妹，有著我比不上的率真。一直到現在，複製重生的母親已經徹底融入了家庭，再加上她本就和我原來的母親一樣，甚至連記憶都沒有太大分別。

彷彿當初母親的逝去，不過是一場噩夢。

複製維護了我的家庭，我對此充滿感激。所以在大學裡我就已經決定了自己的就業方向，那便是自治市唯一的複製人公司——「第二人生」。

而在兩個星期前，我得到了一個好消息和一個壞消息。

好消息是，我被錄取了。

壞消息是，我並沒有進入最想去的銷售部，而是得到了「人生售後服務部」的錄取。

我並不喜歡人生售後服務部，甚至可以說是很討厭，討厭到我開始猶豫要不要換一家公司就職的地步。

希望明天可以讓我對這個部門有所改觀，因為我實在不想在短時間內就換工作。剛畢業的第一份工作這麼快就辭職，在履歷上是一個很不好的汙點，在老闆眼裡幾乎等於「沒有恆心」四個字。

也許是日有所思，所以我做了一個自己進入公司後被盛大歡迎的夢。

而夢之所以是夢，因為往往和現實相反。

尤其當我抱了一紙箱的個人物品，傻站在人生售後服務部裡兩分鐘後，發現依舊沒人理我的時候，不禁覺得有點小失望——

這裡的工作氛圍和夢裡有著不小的差距。

「那個……」我發出弱弱的聲音，「請問這裡是人生售後服務部嗎？」
不遠處的兩人停下腳步，對視一眼後，其中一個男子走過來上下打量我幾眼，似乎想起了什麼，「啊！」了一聲後，他說：「你是新來的？」
「是的，今天來報到，我叫鄭修元。」
「那就沒錯了。」男子轉頭四顧，然後皺起眉頭，嘟囔了一句：「跑哪去了啊？後輩來了也不帶一下……唔，那你先把東西放在那邊吧，以後那裡就是你的座位了。」
說著，他指向一個角落裡空著的座位，「你先在那裡等一下，若嵐一會兒會來帶你。」
「若嵐？」
「林若嵐，是指導你的前輩，負責三組的。」
「三組？」
「說是三組，但在你來之前，三組只有一個人，你來之後，就是兩個啦。」男子憐憫地看著我，好像在看一隻被套上轡準備拉磨的老驢，「我叫程源，加油。」

他拍了拍我的肩膀後，就轉身回到自己的座位。而我在道謝之後，走向他指給我的位子，才將手中的箱子放到桌上，身後便驀然飛來一塊抹布，落在桌上。

「那位子有段時間沒人用了，應該有灰塵，擦擦吧。」

「喔，謝謝。」我回過頭看了一眼，是個背對著我，不斷打字的女子，挑染的棕髮，一下子看不出年齡，但從她偶爾移向滑鼠的手，看出她應該年紀不大——指甲油塗得好花俏。

啊，說起來，她手上的指甲油顏色塗得不一樣，看著好難受……這種塗指甲的方法是哪個混蛋想出來的？看到的瞬間就覺得自己心臟漏跳了一拍，彷彿死了一回似的難受。

不行，今天才第一天，我要忍耐！

我深吸一口氣，強迫自己轉過身，看了看抹布，發現意外地乾淨，質地感覺也很新——那就不用自己帶的那條抹布了。

總要給別人點面子。

把桌子擦乾淨，並將自己的雜物整整齊齊地放好之後，便乖乖地坐在椅子上，一邊等那位名叫「林若嵐」的前輩過來，一邊打量自己即將開始的工作場所。

公司的日光燈亮度定在一個剛好的範圍，感覺不到光線，但卻看得清整個房間。人生售後服務部在四樓，所有人的交談都細語輕聲，每個人都有條不紊地處理手上的工作。

至少從表面上，我還沒有找到一個讓我討厭的地方。

這是一個好的開始。

我剛這麼想的時候，便聽到一陣由遠而近的腳步聲。踩著高跟鞋的腳步聲尖銳有力，在走廊帶著迴響，節奏不慢，但又離快差上那麼一點——

當腳步聲越來越近，那人進入門口，迴響消失了，但腳步聲還在。

我看著她向我走來，身穿白色休閒襯衣，領口繫著小巧的結，藍色的短裙，額前長髮極具個性地撥向右邊，露出自己的左耳，神情淡漠地朝我走來。

「鄭修元？」

「是的，叫我修元就好，請問妳……」

「林若嵐。」簡短地告訴我自己的名字後，她便直接切入主題，似乎沒有和我繼續寒暄的意思。「把需要的東西帶上，然後去一趟後勤部，今天要家訪，我在樓下等你，快點。」

「哎？」我還沒來得及說什麼，就看到林若嵐乾淨俐落地轉身離去。

這是一位長相很秀麗的女性，打扮上也有著濃濃的女性風格，但我腦海中不由自主地先冒出一個「帥」字，而不是「美」。

至少她身上的那種莫名氣場，震得我反應都慢了半拍。

「看呆了？」帶著戲謔的語調，之前丟抹布給我的女性轉過身，短髮，娃娃臉，帶著一股孩童般的惡作劇笑容，看上去年紀和我差不多，「但你沒戲喔，若嵐是獨身主義者，而且不談戀愛。」

「啊？這樣啊……」我本能地應了一聲，但隨即發現不對，頓時感覺到臉部的溫度上升。「我不是這個意思，我只是……」

「不對不對，這個反應不對喔。」女子搖了搖手指，她低頭看錶，秀氣地皺著鼻子，「你只有十分鐘時間，超過這個時間，若嵐姐會生氣的……現在已經過去一分鐘了，後勤在三樓。」

「……謝謝。」聽到這句話，我本能地緊張起來。第一天上班，不管我對這個工作的感覺如何，留個好印象總是沒錯的。

我走樓梯到三樓後勤部，得到屬於我的名片和公司證件，戴著老花眼鏡的胖阿姨很和善地對我說了聲加油。

當我走到一樓，看到林若嵐側面身影，雙手抱胸，手指輕點臂彎，臉上雖然沒有什麼不悅的情緒，但我覺得她的耐性正漸漸消失。

「呃，那個，若嵐……姐？」我試著斟酌合適的稱呼，一上來就去掉姓多少覺得太自來熟，連名帶姓又覺得太生硬。

「來了？那就走吧。」林若嵐看了我一眼，轉身推開門，我連忙跟上。

而在此時，我聽到她說：「不要叫我姐，若嵐就好。」

「呃？」我頓時有點尷尬。

沒錯啊，上來喊人家姐好像也是自來熟啊……

「聽著老。」

「哈……」原來她是在意這種事，這讓我有點意外。

她掏出車鑰匙，按下解鎖，停在公司門口不遠的一輛白色賓士便發出解鎖的聲音。「這是公司的，要用以後可以去後勤預約，他們會給你鑰匙，上車吧。」

她坐進駕駛座，我也坐進副駕駛座，此時一股淡淡的薰衣草香味傳來，車裡被打掃得很乾淨，舒適度甚至比一些租車公司提供的車還要好。

「工作不允許用私家車，一律使用公司的車。」

「喔。」我點點頭，但又忍不住好奇地問道：「為什麼啊？」

若嵐剛把車開出去，忍不住瞥了我一眼，眼神相當奇異，我頓時被她看得不自在，「怎、怎麼了？」

「嗯，也沒什麼，只是我一看到你就覺得你膽子很小，但沒想到你會忍不住問問題，比我想得好。」

喂，妳說這麼直接有沒有考慮過我的自尊心啊？

我從懷裡掏出一盒口香糖，撕下一條後，鬱悶地丟進嘴裡。

「因為工作中可能要運輸複製人，這部車是特製的，除了沒有槍械，保安系統是最高等級的，GPS定位，車內錄影全部是連線上網的。」

「這麼誇張？」我愣了一下，難道這是運鈔車嗎？

我一邊說話，一邊想著要不要分點口香糖給她。

「複製人不是人，是商品，也是財產。」

「……」這句話從這個女子嘴裡說出的瞬間，我便打消了分口香糖給她的想法。

因為我討厭這句話，不管是心理還是生理，都很討厭。

氣氛因為她的這句話陷入僵冷，若嵐也不在意，就這麼開著車，直到一個交叉路口，因為紅燈停下車時，若嵐才又開口問道：「我的話聽了不舒服？」

「……」我沒有回答。

「家裡有複製人？」

「……嗯。」

「我想也是。」若嵐點點頭，但看上去她沒有一點要道歉的意思。

於是我忍不住有了點火氣，雖然還沒到要發作的地步，可也沒有開玩笑拉關係的意思了，「工作的部門是叫人生售後服務部吧？」

「嗯。」

「既然是服務，我覺得對複製人還是應該尊重一些。」

「給你一個忠告。」若嵐沒有被頂撞後的錯愕和怒意，她說話的聲音和最開始沒有什麼區別，「這是工作，別把私情摻進去，否則你做不長的。」

「……」我明白她說的話是什麼意思。

即便是自治市，法律上依舊有很多不完善的地方。複製人實行已經超過二十年，但在法律上，複製人並不屬於「人類」，而是屬於「財產」。

這代表複製人即便被人故意殺死，對方也不算犯了殺人罪。他們沒有自由找工作的權利，他們被限制出境，甚至……他們沒有法律上和普通人一樣的人權保障。

而如果牽涉到大部分犯罪，他們都有可能被要求「回收」。

對複製人來說，「回收」兩個字的定義，等同死亡。

那麼和一般人相比，複製人有得到什麼嗎？還是有的，因為除非特殊情況，複製人找工作是不被允許的，所以他們大部分沒有工作，不用繳稅。

「第二，人生售後服務部，以前是售後監察服務部，監察在前，服務在後，只是覺得名字不好聽，後來才換了而已。」紅燈轉綠，若嵐一邊踩下油門，一邊用手指在車上的觸控螢幕上操作。

不一會，一張市內地圖出現，上面出現了幾個點，在經過計算後，被系統串聯成一條線，「我們是監察複製人有沒有被正常的使用，同時服務客戶以及維護複製人目前唯一不可動搖的權利。」

說到這裡，若嵐看了我一眼，「你知道那是什麼權利吧？那是目前對於複製人來說，最大的恩惠了。」

恩惠？哈……

面對這個問題，我感覺到內心又憋又悶。

當然知道，因為家裡就有一位複製人，從她出現在我家那一天起，每個月都有人來提醒我們這一點，這是一項悲哀到可怕的權利。

自殺權。

顧名思義，他們有結束自己生命的權利，在確定其堅定的意願後，沒有人有權利可以阻攔他們。

話雖如此，他們沒有辦法獨立完成自殺，因為這在他們被製造出來的時候就已經設定好了，一旦他們做出傷害自己的行為，就會被安裝在大腦裡的裝置強行昏迷。

他們的自殺，是有規定的程序的。

而正是因為這個程序，我才不喜歡人生售後服務部。人生售後服務部其中的一項工作，就是完成複製人的自殺流程。

對設計出這個權利給他們的人，我不想說他們是善良的。

在沒有給予基本人權的情況下，卻給予自殺的權利，便等於對複製人說：「你們就是永遠低人一等，受不了就去死吧。」

這不是善良，這是世上最虛偽的憐憫，唯一的用處，便是可以逃避面對自己身上最醜惡的部分。

可是這想法看來，也只是屬於我所有而已。至少我面前的這位林若嵐，好像覺得這一切都是正常的，如秋風中有了落葉，寒冬中有了飄雪那般自然。

我很失望，終於發現自己對這份工作，抱了太大的期待，「我本來以為，如果是複製人的公司，對複製人的態度會更好一些呢……」

「呵……」

林若嵐發出一聲輕笑，「你身上的學生味，還是挺濃的。」

「……妳是指我不夠成熟嗎？」

「不，我是在誇你。」林若嵐轉頭，我被她的眼神看得微微一愣。

那眼神裡沒有一絲一毫的嘲笑，她很認真地對我說：「如果你能一直保持下去，說不定你還真的能做下去。」

「就像妳一樣？」

「不一樣，我以前以為自己會喜歡這個工作，但現在發現，我根本就不喜歡。」

林若嵐回避我的目光，雙眼看向前方，但我卻覺得她根本就沒有在看路。

她只是想看著前方而已。

「你和我不一樣，你現在不喜歡，但我覺得你以後會喜歡。」

「既然不喜歡，為什麼不換個工作？」

「所以說，你的學生味真的挺濃的……」說到這裡，她有點不悅地皺皺眉，補充道：「……現在這句不是在誇你了。」

那學生味這個東西，妳到底是希望我有，還是沒有啊？

我在心裡困擾著，嚼著甜味漸漸變淡的口香糖，不再問多餘的問題。

車裡陷入沉默，大約過了五分鐘，車子從一個街角拐進社區，在裡面的一處公寓門口停下來。

「下車。」

「嗯。」我下車後抬頭看了看這間灰色的公寓，目測後看出大約有十層樓，不算太新，也不算太舊，「我一會應該怎麼做？」

「什麼都不用，今天你只需要看著就好。」若嵐低頭看了看手上的錶，從後車箱裡拿出一只黑色皮箱，「抓緊時間，今天我們要跑七家呢。」

手錶？

我這才注意到她手上有一只配了棕色皮錶帶的手錶。

雖然並不是什麼稀有的東西，但在這個手機普及化的時代，手錶大多已成為一種裝飾。尤其是年輕人，越來越少看到他們使用了。

電梯到了七樓，若嵐照著地址走向左邊，並按下門口的電鈴。

「誰啊？」

門沒有開，一邊的對講機裡傳出聲音。若嵐連忙湊過去，對著牆上的對講機說：「陳女士，在上週和您有過預約，人生售後服務部前來為您服務。」

門在一陣輕響後被打開來，站在門口的是一位中年女性，她禮貌性地對我們笑了一下，但笑得毫無誠意，「進來吧。」

她退開幾步，拿出拖鞋剛要放下，便被若嵐攔住。

「不用，我們有自備鞋套。」

「潔雯，人來了，妳準備一下。」陳女士向屋裡喊了一句，從裡面跑出一位看上去只有十四、五歲的女孩，她穿著學生制服，神情淡漠，沉默地向我們點點頭。

「我希望你們不要花太久的時間，我只替她請了上午的假。」陳女士摸了摸女兒的頭，「潔雯，如果有什麼事，叫媽媽，媽媽就在家裡。」

「嗯。」少女除了應聲之外，再無他言，看上去沉默寡言。

我雖然早有預料可能會碰到有這樣態度的人，但終究還是感覺到不舒服，乾咳了一聲。

陳女士看了我一眼，微微皺眉，「他也要進去？他是男性啊。」

若嵐微微一怔，似乎才想到這個問題，「如果您介意的話，檢查身體時我會讓他離開。」

「當然介意！」陳女士不假思索地回答，隨後又不太放心地看了我一眼——好像我是個會對未成年少女下手的色魔。

「這沒有問題，不過他還是新人，有些程序還是得看著，另外……」若嵐把手上的黑色皮箱抱起來拍了拍，「根據業務規定，現在請您暫時不要使用能傳輸信號的電子設備。」

「嗯，我知道。」

潔雯率先走進裡面的房間，然後站在門口看著我們，神情平靜，卻透著一股讓人心疼的麻木感。

我跟著若嵐走進潔雯的房間後，大略打量了一下少女的房間，嗯，還算整齊，少女青春的氣息，透過擺放在透明壁櫥裡的動漫人物模型還有娃娃展露無遺。

但擺得不夠整齊……嘖，這個年紀的女生果然火候都差那麼一點，和我家那個老妹一樣，看著就有點讓人不舒服。

在若嵐眼神示意下，我隨手關上門。可是她好像還是不滿意，淡淡地看著我。

「幹麼？」

「上鎖。」若嵐把箱子放在桌子上打開，左手從裡面拿出一份墊著塑膠板的問卷，右手將夾在其上的原子筆拿下，沒有多餘的情緒，卻帶著一種迴圈了無數次的奇妙節奏感，她的眼眸看向那個少女，眼裡再無其他。

在我乖乖地將門鎖上的瞬間，我聽到腦後傳來若嵐問出的第一個問題——

「編號 IM024392，最近有沒有做出規定外的行動？」

「……沒有。」

「公司得到來自政府部門的提醒，說最近妳常去南渝區的夜店附近，雖然不是什麼太大的問題，可是最好還是注意一些。根據去年市內的區犯罪率統計數字，那個地方是偏高的區域，妳的生理年齡還是未成年，同時一般未成年保護法對妳沒有意義，如果出了意外，哪怕只是小糾紛，也對妳的生存不利。」

「我有個同學住在那個區域附近，他是我……嗯，最好的朋友，所以……」少女輕聲解釋著，但是在說到這個同學時，沒有什麼表情的臉上竟然出現微微的紅暈。

「在他搬家之前，妳不要去那裡，或者以後讓他來妳家。」若嵐冷冷地打斷，她毫不留情的態度，完全不像是面對一名豆蔻年華的少女，別說溫言細語，連對我的客氣都不存在，「那裡離複製人禁區很近，請盡量避嫌。」

「……」

「怎麼了？編號 IM024392。」

「我……我有名字。」

「那個名字不是妳的。」

潔雯聞言，原本還帶著紅色的小臉血色盡褪，眸中微惘，似乎連自己都不知道對此該表露出何樣的情緒。

最終，她低下頭，不甘地咬著嘴唇。

我看得出來，她很憤怒，她很委屈，還有更多可能連語言都沒法說清楚的情緒，可如何表達和宣洩，她不懂。

我在一旁聽得又憋又悶，心裡有一股火直往外冒。今天出門之前，我很努力地告訴自己，一定要把以前對人生售後服務部的偏見拋開。

可事實是，這恐怕根本就不是偏見。

正當我想要插嘴說兩句的時候，就聽到若嵐放緩了剛才冷漠的口吻，雖然還是感覺不到什麼溫度，但已不再冷硬，「妳知不知道我今天為什麼這個態度？」

第二章 自殺的申請，挽回的開始

在問出這句話的瞬間，我看到潔雯細瘦的頸項動了一下，似乎吞嚥了一口口水，「不知道。」

她的聲音平靜得讓我壓抑，好像她連之前的憤怒都忘卻了。

「不用去想擁有太多，安安穩穩地和這一家人一起生活下去，這是複製人唯一的生存方式，我在第一天送妳來的時候就和妳說過了。」若嵐的話顯得意味深長，不帶火氣，可在她面前的少女卻漸漸握起了拳頭。

「……妳不服氣？」

「我又沒做什麼！妳憑什麼這麼……」

「他是個好男生。」若嵐用很誠懇的聲音稱讚了一句。

「……」潔雯的臉一下子漲紅，她眼裡滿是羞澀，但更多的是惶恐，「妳說什麼呢？我……」

「但是妳明白的吧？不一樣的，你們兩個站的地方，永遠都不一樣。」若嵐搖搖頭，口中的話語如刀鋒般尖銳而寒冷，「我查過了，他不是複製人，妳死心吧。」

潔雯驟然上前一步，臉上滿是憤怒和不甘，她瞪著若嵐，而若嵐則淡漠地看著她。

兩人在沉默中消化著空氣裡的情緒，隨後少女眼裡的怒意和不甘漸漸消退，取而代之的是那無力的惘然和傷感，她向後退了幾步，最後坐倒在自己床邊，雙手摀住臉——

良久，抽泣聲隱隱從指縫間傳了出來。

她連哭都不敢哭得太大聲，恐怕是怕自己的母親過於擔心吧。

真是個好孩子。

若嵐低頭看了看錶，皺著眉猶豫了一下，然後放下自己手裡的問卷，從箱子裡的一個白色小紙盒中抽出一雙橡膠手套，俐落地戴上，「出去。」

「……」潔雯沒有說話，只是無聲的哭泣。

而過了好一會我才反應過來，「啊？和我說話？」

「我先要檢查她的身體，看看有沒有被施暴的痕跡，你說呢？」

「喔……」

過了一會，若嵐才讓我重新進房間，看著她詢問已經恢復平靜的潔雯，我卻恍神了。根本沒有心思去聽若嵐詢問一些家長里短，因為那份問卷我看過，其實沒有什麼太多值得注意的。

若嵐想必最想教給我的，並不是業務上的流程，而是對複製人的態度。當我們走出這個家庭的門，走向電梯的剎那，我聽到了背後那一記略帶不友好的關門聲。

也許是因為這個關門聲聽上去實在讓人心情不好，又也許是因為剛才潔雯的哭泣讓我覺得自己好像是個反派人物。

總之，感覺很糟，糟到我脫口而出一句譏諷，「原來就是這麼『服務』的，長見識了。」

若嵐才剛按下電梯按鈕，聞言動作一頓，但沒有轉頭，「我倒沒想到你第一天上班，就會這麼說話，你什麼星座的？」

她的反應好像根本不在意我對她的感想，意識到這一點後讓我更加不爽起來。

「處女座。」

她「喔」了一聲後便走進打開門的電梯，我沒有看到她的臉，但總覺得她那聲「喔」拖了長音，頗有種恍然大悟的感覺，我猜她當時臉上一定寫了「難怪如此」四個字。

這世上最離譜的事就是在這裡了，一年總共也就十二個月，然後有人閒著無聊分了十二個星座出來，並衍生出一個「規則」。

規則就是讓其中十一個星座的人，去鄙視剩下的那一個星座。

那個倒楣的星座就是處女座。

我們到了樓下，若嵐把手上的箱子放進後車箱後，看了看錶：「快中午了，時間花得比我想得要久，我們先回一趟公司，吃個飯。」

嘖，還前輩呢，第一趟工作就開始超時了。

今天該不會要加班吧？

而且既然要跑那麼多單，直接在路上吃不好嗎？我還記得這附近有一家看起來相當乾淨講究的店，公司附近的……總感覺會踩雷。

一想到這裡，我更覺鬱悶。

若嵐似乎知道我在想什麼，嘴角勾了勾，「到了你就知道了，上車再說。」

咦，她怎麼會知道我會有異議？

大量的狗糧如落雨般灑下，面前的一隻柴犬靜靜地看著食物落在藍色的塑膠食盤裡，並沒有急切地撲上去吃。

這是一隻身有殘疾的狗，牠的兩條後腿都已經斷了，可因為後半身被架在兩個輪子上，所以牠並不是不能行動。

牠安靜得不像一般的狗，烏溜溜的雙眼靜靜地看著我們，直到若嵐把手伸過去時，牠才很溫和地舔了幾下表示友好，卻也並不熱情。

當我向前走了一步，牠瞥了我一眼，衝著我齜牙，發出威脅的低吼，那吼聲在喉腔裡翻滾著不願出來，看上去警戒心十足。

「這麼凶……」我嘟囔了一句，隨後瞥了一眼柴犬身後的輪子，覺得十分不自在。

有個輪子往外偏了一點，略帶違和，讓這隻柴犬的身體有點傾斜，看在我的眼裡就顯得很不平衡。

感覺就像看到黑色圍棋盒子中，夾雜了一顆白色棋子一樣讓人難受。而我就屬於那種不把那顆棋子挑出來，半夜都會煩躁到睡不著的人。

所以這不能忍。

「我要修一修牠的輪子。」

「牠的輪子沒壞啊。」若嵐的聲音帶了一點詫異。

「歪了。」我很執著這一點，不準備讓步。

「我沒工具。」

「我帶了，回辦公室拿就好。」

這句話一出口，正彎著腰餵狗的若嵐看了我一眼，那眼神裡分明散發著「醫生最好給你開點藥」的意味，「你上班帶這些東西做什麼？」

「這萬一……要用呢？」

「這會用得上？」

「這不是用上了嗎？」

「……那你去吧。」

我轉身離開，穿過走廊，進了部門後，在眾人詭異的目光中，拿出我那灰色的小工具盒。

之前給我抹布的女子正在用餐，她心不在焉地拿著一塊三明治，一隻手拿著手機不斷地點點點，看上去像是在和別人聊天的樣子。

「喔～回來啦……」她一邊咀嚼嘴裡的食物，一邊含糊不清地對我說道：「還沒介紹過吧？我叫許渝媛，Nice to eat you！」

……她剛才說的是「meet」吧？

應該是吧？可能只是嘴裡有食物所以說得模糊了點。

不想歸想，但我還是感到毛毛的，開始覺得許渝媛的目光好像貓盯著老鼠，不由得發出兩聲乾笑。「妳好，我叫鄭修元，叫我修元就好，我馬上就走，下、下次聊，哈……」

「等等。」許渝媛叫住了我，我只好停下，詢問她有什麼事。

「和若嵐說一聲，上個禮拜的藍白信件，今天來了第二次。」

「藍白信件？」

許渝媛神情微帶猶豫，欲言又止的樣子，但最終還是搖搖頭：「算了，總之你就這麼和若嵐說就好了，她明白的，你想知道的話，問她吧。」

果然出現了！據說每間公司裡，都會出現這種話說了一半，最終又不說的人。在我看來，這種臉上寫著「我有祕密想要告訴你」，但最終卻改寫成「算了，你不知道比較好」的人，是全世界最會折磨他人的惡魔，級別上和用指甲刮黑板發出聲音一樣可怕。

所以我很鬱悶地拿著自己的箱子回到若嵐身邊，請她把狗抱住，確保不會咬我。

她把柴犬抱住，一邊看我調整輪子，良久後她才開口：「牠只吃我餵的，所以必須回來。」

「這是妳訓練的？」

「不是，牠被送來這裡時就這樣，只吃少數人餵給牠的食物，這間公司裡就兩個人，而今天就我一個。」

我沒有問另一個是誰，因為就算她說了，我應該也不認識，於是我問起另一個我有點在意的問題：「公司竟然還可以養狗，誰出的主意，公司竟然會同意？」

「老闆出的主意，所以誰都不會反對。」

「為什麼？」

「他說，做這一行，免不了會做一些自己都覺得冷血的事，但總不能真的讓人變得冷血，所以就讓我們收養一隻狗。」

這是什麼因果關係？我略帶茫然，然後聽到若嵐做了最後的解釋——

「他覺得養寵物的人，血不容易冷。」

「那妳覺得有用嗎？」我這話一出口便覺得有點不對，因為今天發生的事，現在這麼說好像在嗆人。

可隨即我的腦海便浮現出上午無助少女的臉龐，心裡剛浮現出的一抹歉意頓時消失。

也不知道若嵐是沒聽出來，還是不在意，「有沒有用，說出來是不算的，只有自己才明白有沒有用。」

「我猜沒什麼用。」

若嵐的嘴角上勾，似乎略帶嘲諷地笑了，可眼裡卻沒什麼笑意，「你知不知道複製人沒有婚姻的權利？」

「知道。」

「那你還奇怪我上午的態度？」

「開玩笑，都什麼年代了，誰規定談戀愛還以結婚為前提？」

「差不多四年前，有一個複製人和她做了一樣的事情，她的男友向她求婚，她自然沒辦法答應，逼不得已把自己是複製人的身分告訴他，你猜結果如何？」

聽她這麼一說，我也知道結果肯定不太好，但再不好，最多就是沒有結果而已，「最多也不過就是分手了吧？」

「沒來得及。」若嵐一邊摸著柴犬的腦袋，讓牠發出享受的呼嚕聲，一邊說：「雖然那個男人已經開始猶豫了，但終究沒能來得及。」

「什麼意思？」

「她被另一個喜歡那個男人的女人殺了，身上被捅了十幾刀，臉也被劃花了，我去回收的時候，差點沒認出她來。」若嵐的話讓我頭皮發麻，她繼續以平靜的語調述說：「因為她說出這件事的時候，被那個也喜歡同一個男人的女人聽到，那個女人好像賠了十幾萬，然後今年年底，那個女人和那個男人訂婚了。」

「……」我這時已經調整好輪子，正在做最後的檢查，但聽到這句話後，我的動作不由得慢了下來，抬頭望向若嵐，不知道該說什麼。

「覺得噁心？」

「嗯。」我再次低下頭檢查，「也很可怕。」

「這個世界上，以愛為名的罪惡是最容易被人原諒的。況且，殺個複製人，連罪都算不上，頂多就是個錯。」若嵐說到這裡，突然問了一個我以前想過，但還沒有細想的問題。「所以，你明白了人生售後服務部是做什麼的嗎？」

「……我以為是服務複製人的，但妳好像不是這麼認為？」

「的確是『服務』，但你把魚放進水裡是讓牠活，把牠拖上岸則是殺了牠，對『人』服務和對『複製人』服務，是兩個不一樣的概念。我們要做的是讓複製人盡量遠離一些『錯誤』，有些錯誤，人可以犯，複製人不行，哪怕犯錯的不是複製人也不行，在過於不平等的條件下交往，是最容易出錯的，而這個錯誤的代價，通常是由複製人承擔。不然，你以為人為什麼要把『複製人』製造出來？」

我覺得有些不對，但不知道哪裡不對。並不是若嵐所發表的意見，而是在之前的對話中，有某個地方讓我感到了違和。

這種違和感，讓我覺得若嵐還有一些話並沒有說出來。

「喔，對了，剛才部門裡的許渝媛讓我轉告妳，說來了第二封藍白信件。」

她摸著柴犬腦袋的手僵住了，臉上雖然沒有太多表情，但我能感覺到她的心好像一塊從船頭落下去的石頭，不斷往海水中沉了下去。

她放下柴犬，站直身體，轉頭看向外面陰沉的天空，長長吐出了一口氣。

「下午的行程全部取消，我讓別的人替我們。」

「有什麼事要做？」

「第一天上班就讓你接觸這種事，也許早了點，不過這種事越早上手越好。」

「到底是什麼事？」

「有人想死，我們得去勸勸，如果最終勸不住，我們就要送她走。」

「『送她走』？什麼意思？」

「……殺了她。」

「……妳說什麼？我沒聽錯吧？」我被這個答案嚇得心臟都漏跳了一下，隨後便感到一種說不出的壓抑之感。

「複製人沒有辦法實施自殺，卻被賦予了自殺權，你以為……這是誰的工作？」

人生售後服務部……

原來是這麼「服務」的嗎？

「走吧，路上我再跟你說關於這部分的規矩。」若嵐轉身走向電梯，柴犬在她身後看著，發出了嗚咽的聲音，聽著很是悲涼。

一封左邊為藍，右邊為白，中間橫切一條黑線的信封躺在我的手上，信封的封口被一束天堂鳥圖案的封漆蓋上。

這是專屬於複製人的信封，藍色為自由，白色為純潔，而黑色隱喻著死亡。

這種信封每個複製人都有三個，每一封裡都有一張死亡申請表，專門用來讓複製人行使屬於自己的自殺權利。

三封自殺申請以每個星期寄出一封給公司為間隔，公司在收到第三封申請之前，可以派人做勸解、幫助等行為讓複製人打消念頭。

但是當第三封申請到來，複製人雖然依舊可以反悔，但公司在規定上不能再做糾纏，不可以繼續勸解，只能執行「回收」任務，並取消複製人所有人未來的所有申請資格，永久列入黑名單。

而今天收到的是第二封，如果再不讓這名複製人打消念頭，當第三封申請出現的時候，就必須由公司來結束他們的生命。

申請單我已經看過，申請理由只有讓人無話可說的三個字——不想活。

這和沒寫沒什麼分別。如果是大學的獎學金申請，光憑這種態度就可以讓這個學生和獎學金無緣。

但這不是。自殺權利，是複製人獨有的權利，無人可以剝奪。

這個讓人無話可說的自殺申請者是名女性，繼承的名字叫做陸桑。六年前，三十二歲的陸桑因車禍死去，三年前被複製，來到了丈夫的身邊。

「陸桑的丈夫劉顯成有些特殊，按照他的年紀，配偶複製的申請單通常不會通過，但他每個星期都會寄來一封申請，再加上他整整三年沒有另尋新歡，人也有些一蹶不振，公司這邊雖然頂住了壓力，但政府單位來了封推薦信作保……所以最後他妻子的複製人還是誕生了，並保留她妻子三十歲的記憶。」

「為什麼不會通過？他是有什麼不良記錄嗎？」

「不是，只是複製人沒有結婚的權利，自然也沒有生育的能力，這是一開始就設定好的。少子化這麼嚴重的現在，除非迫不得已，是不會讓年輕的複製人成為自然人的配偶的……當然這條規定是潛規則，不可能堂而皇之的寫出來。」

「為什麼沒有保留到三十二歲？或者至少也該保留到三十一歲吧？我記得自治市每年都有生理記錄才對。」

「劉顯成要求的，說只要保留到三十歲的記憶就好。」

那段期間發生了什麼事吧？她的丈夫想對自己的妻子隱瞞什麼嗎？

若嵐似乎看出我的疑問，直接就給了答案，這種洞察力精準得讓我感到不安。「婚外情。所以他們最後一段時間的感情並不好，之前在調查的時候，發現陸桑向市政府遞出過離婚協議，但還在審核期間，陸桑就死了……光從這一點來看，劉顯成申請複製人本來是不可能的。」

「難道是她的丈夫又有婚外情被發現了？」婚外情這種事，對某些人來說是會上癮的，除非上了年紀徹底玩不動了，才會一臉大徹大悟地說「心定了」，好像看淡了一切。

其實他們的靈魂依舊一如既往的混蛋，只是身體漸漸不再允許那種糜爛的生活方式，不得不為自己打造「浪子回頭」的形象來做為安慰。

所以我本能地懷疑劉顯成就是這樣的人。

「應該不是。」若嵐搖搖頭，「劉顯成現在老實太多了，而且沒有那個時間，他除了工作，就是陪老婆。」

「還真的浪子回頭了？」我不由得嘖嘖稱奇，但同時也心懷惡意地揣測——他不是不行了吧？

「丟了一回，所以怕了吧。」

「那過得好好的，為什麼要死？」

「不知道。」

「會不會是她知道了？」

「吱——」一陣極為突兀的尖銳剎車聲響起，我的身體往前衝，被安全帶勒得發疼，但終究沒有撞到擋風玻璃上。

車在路邊停了下來，我則被嚇得一口氣差點喘不過來，好半晌我才僵硬地轉過頭：「妳幹什麼啊，大姐？」

「你說什麼她知道了？」若嵐的神情凝重，似乎想到了一件不好的事。

「就是，丈夫以前婚外情的事囉，她是不是知道了？」

「可是那件事過了這麼久，也沒什麼人知道，誰告訴她的？劉顯成不可能這麼做，否則當初還特地要求去掉最後兩年的記憶做什……」

說到這裡，若嵐突然頓住，她似乎找到突破點。而見到她的樣子，我也突然會過意來。

倒抽一口冷氣的聲音在車內響起，我們異口同聲地說出一句——

「那個小三找過她！」

第三章
堅定的態度，渺小的榮辱

也不知道是誰說的，有一句混帳話流傳甚廣。

愛情中不被愛的那個人才是第三者。

這句話等同於「被霸凌者都是自己的責任」一樣，但這兩者的道理都是同一個——一個人在某一人生階段不討人喜歡。

如何分清楚責任，從理性的角度上看，無疑是「主動」和「被動」的區別。想要停止某一段關係的崩潰，必須要主動方停止當前的行為。

所以我和若嵐在想出「小三找過她」這個結論時立刻就意識到了，此刻去尋找陸桑可能沒有太大的意義。如果推測真的沒有錯，過度強勢的逼問，恐怕只會讓她感到羞恥和憤怒。

必須先確認對方是否接近過陸桑。

「老吳，幫忙調一下監視錄影記錄，對，編號IM043920的，查一下有沒有三十到四十歲的女性在最近幾個月上門，對照一下我發給你的照片，你等等。」

若嵐把手機放下後，看了我一眼，語氣依然平靜：「怎麼？你該不會以為複製人還有隱私權這種東西吧？」

「……我什麼都沒說。」

「你臉上已經寫了很多了。」若嵐低頭撥弄著手機，在社交網站上搜索「李靜淑」這個名字，在三個選項中，她毫不猶豫就選了其中一個。

「妳知道她？」

「審核申請複製人的客戶時，多多少少都會調查一下，尤其是劉顯成這麼特殊的，肯定要更仔細一些，如果最後還是出了事，申請複製人的審核肯定也會變得更嚴……」說到這裡，若嵐突然皺起眉頭，我看出她好像不高興了。

「怎麼了？」

「基本可以確定是她了。」她把手機轉向我，讓我看李靜淑最近的貼文。這些貼文原則上都是文字訊息，配上一兩張景物照，或者是自拍照。

這是一名很有氣質的女性，容貌也算端莊，是那種看過去，根本不會和「小三」這個詞聯繫起來的類型。

但值得注意的不是別的，而是她最近發的一些貼文。那些貼文不用細看，僅僅是標題就讓我覺得之前的推測已經無限接近現實——

「人死去是最自然的事，複製既殘忍，也虛偽。」

「人為什麼要被自己製造的東西奪取自己的位置？」

「人如果都靠複製，誰還會辛辛苦苦生孩子養孩子？」

……

比起其他地方，自治市擁有領先的科技，領先的法律。但正因為領先，所以幾乎沒有可以學習的目標，反而導致意識上的衝突比別的地方更為激烈。

即便複製已經被允許，可多年下來，依舊有遊行和抗議，企圖推翻已經運行了幾十年的複製人法案。

「我們得和她談談。」

若嵐首先用一句話定了方向，然後看向我：「你覺得該怎麼說？」

我想了想，試探性地問道：「小三不得好死？」

「……」若嵐看我的目光讓我覺得自己像個蠢貨。

良久，她輕嘆了口氣——

「一會如果要去見她，你還是閉嘴吧。」

「喔。」我很老實地應聲，心中卻在想自己這位前輩是不是有毛病，這麼政治正確的言論她居然也不滿意。

若嵐將找到的照片複製存檔，然後發回公司，很快便有了確實的消息傳來。

「從她的社交主頁看，她是宇文廣告公司總部的人，不知道他們幾點下班……」若嵐看了看手錶，「我們去等吧，今天要加班了。」

她完全沒有問我今天方不方便的意思，十分乾脆地下了決定。

「啥？」說實話，第一天就加班實在是一個很不好的前奏。這導致我腦海裡突然浮現了那些黑心企業，口裡喊著「合理的要求是鍛鍊，無理的要求是磨練」的口號，還有整天叼著菸的無良老闆和帶著混混氣質的同僚。

我從一個星期前就準備好了每天下班搭六點半的車，回家剛好趕上和家人一同吃晚飯，如果地鐵誤點的話直接買點家對面的鹽酥雞回家，絕對不上飯桌直接坐到電視機前吃，這樣剛好能趕上晚上八點的《無良律師》，利用每集兩次廣告的時間梳洗完畢，最後在十點半上床，滑半個小時手機後剛好睡覺——這計畫和節奏我覺得很完美。

可偏偏有人要在我安排好的日程表上插一根超礙眼的釘子。

這有點沒法忍啊！

「怎麼了？」也許是看出我神情不對，若嵐反過來問我。

但從她那理所當然的表情來看，把想看《無良律師》當作理由而拒絕加班，猜測是不行的。

即便這是正當理由，可很顯然的她不會理解。

「直接去找她可能不大好吧，不打個電話之類的預約一下？」我不光是對加班有點不情願，同時也覺得她這個做事方式省略掉了一個重要的步驟，「而且，萬一社交主頁上的資訊過時了怎麼辦？」

「可能性很低，從標記她的貼文來看，應該是和她同一間公司的同事，上面是前天的慶祝活動，她也在照片裡面，也就是說至少前天她還在那間公司上班，也沒有在她主頁上看到要離職的跡象，至於為什麼不預約……」

說到這裡，若嵐的口氣變得冷硬：「她一定會拒絕，從她做的事，和她的主頁資訊上來看，她不會想要和站在複製人那邊的傢伙說話的。」

「所以妳就準備和狗仔隊一樣直接去堵她？」我微張著嘴，只覺得眼前這個人實在不講規矩，「就算堵到了，我們也不一定能和她說上話啊……」

「總得試試。」

「都不確定妳就讓我加班？也太沒計畫了吧？」

我脫口而出的話讓車裡陷入了詭異的沉默，良久，若嵐瞇起眼睛看著我：「你剛才說什麼？」

「沒什麼。」

「很好。」若嵐滿意地點點頭，腳踩下油門。

難道我得看第二天的重播了嗎？想到這裡，我心中頓時充滿惆悵，但隨之而來便發現了更大的遺憾，因為我想起今天是星期一——明天還是工作日。

宇文廣告公司是自治市內一家有點名氣的品牌，創立已有二十年，這間公司在整個自治市一共有三間分公司，而我們要去的，則是位在市中心的總公司。

我們走進一樓大廳，若嵐阻止我上前詢問接待櫃檯的舉動，讓我和她坐在大廳一側的沙發上。

「怎麼了？」

「萬一櫃檯小姐問我們是誰呢？」

「不好回答？」

「你怎麼知道她會不會喊警衛？」

「呃……」我被這句反問弄得愣住了，並不是同意她的看法，而是訝異她對這個人警戒到如此的地步。

之前聽到的話驀然再次浮現腦中——

「她被另一個喜歡那個男人的女人殺了，身上被捅了十幾刀，臉也被劃花了，我去回收的時候，差點沒認出她來。因為她說出這件事的時候，被那個也喜歡同一個男人的女人聽到，那個女人好像賠了十幾萬，然後今年年底，那個女人和那個男人訂婚了。」

我一邊想著這段話，一邊若有所思地看著若嵐。也許是眼神有異，讓她忍不住問道：「怎麼了？」

「妳為什麼要注意她啊？」

「啊？你在說什麼？你忘了我們是為什麼來這裡的嗎？」若嵐的口吻中帶著些許不滿，她似乎不能忍受我的心不在焉。

「不是，我是說，妳怎麼知道那個殺了複製人的女人最後和那個男人結婚的事？這種事，不特別去注意，應該不會知道吧？」

她好像對所有不站在複製人那邊的人有特別濃重的警戒。否則為什麼她還要關注已經失去意義的目標？畢竟，自己所負責的複製人都被殺了，完全沒有工作上的需要才對。

「……」若嵐挑了挑眉毛，好半晌沒有說話，最後從嘴裡冒出一句：「那件事和這件事沒有關係，工作時你專心點。」

她這是在害羞嗎？

我意識到這一點的時候，之前對若嵐產生的負面印象不由得消散大半。

至於剩下的那一點我不準備退讓，做任何事都應該有計畫才對，她的做事方式也許看上去很帥很簡潔，但在我看來，終究是屬於亂來的類型。

人之所以是高智慧動物，很重要一點便是因為人會設定規劃，就比如我的話，一定會制定好當天的工作計畫，最大限度排除掉加班，同時又完成任務。

至少不會有：需要加班，但即便加了班也可能沒成果的情況。因為沒有預約，根本就無法確定對方會不會和我們說超過兩句以上的話。

就算願意，也不一定會聽從我們的要求而不再去騷擾陸桑。

——而我覺得這是付出不看《無良律師》的代價後該有的成果。

當然重點是，如果是我，我一定會制定出既能完成工作任務，又能回家準時看電視的計畫。

「你不是很喜歡計畫嗎？在她下班之前，想出一個計畫來……當然，執行與否我說了算。」

「啊？什麼計畫？」

「說服她的計畫。」

「從現在開始？」

「不然呢？」反問了一句後，她低頭看了看手腕上的錶，「假設六點下班，你還有三個小時，你就當作新人訓練的一環吧。」

這個要求本身就是無計畫的代表啊！

心裡雖然這麼吐槽，可我還是乖乖地用手機去看剛才若嵐查到的社交網站，盡可能去瞭解李靜淑的喜好。最後歸納起來就是：三十多歲，未婚，從那些美食照片來看，每星期至少聚會一次，說明有一定社交能力；在宇文總部擔任設計師，應屬高薪，再加上會主動找陸桑，顯然自我認同感極高。

想到這裡，腦袋裡浮現的只有「棘手」兩個字，這樣毫無計畫地上門恐怕不會有任何結果，甚至還有可能讓她做出進一步的瘋狂舉動。

當我把這個想法告訴若嵐的時候，她回答我這個結果沒有任何意義。

「陸桑快要死了，你還怕她有沒有進一步的舉動？我們剩下的時間可不多，任何方法都要試試。」

「小三不得好……咳，我知道了，不行是吧，那就只能談條件了。」若嵐的眼神逼我吞下原本想說的話。

但怎麼談條件？這個小三如果是要錢還是要什麼都好，可就是鐵了心想要搶人家丈夫，「有志氣」到根本沒法談。更何況，身為複製人的陸桑，嚴格意義上來說，根本沒有妻子的身分。

而且，身為旁觀者的我們，又不是當事人，怎麼和這個叫做李靜淑的女人談條件？

人一旦專心思考，很容易就會忽略時間，我盡可能地在手機上不斷向前翻閱李靜淑的資訊，在腦海裡創造對她的印象。

雖然還沒有想出辦法，但卻一點點的，慢慢接近了這個人，甚至連最初對她的厭惡也開始漸漸消失。

「喂，走了。」

「啊？可我還沒……」

「人家可沒打算等你。」若嵐指了指從電梯裡走出來的一名長髮女子，身穿米色大衣，戴著大大的茶色墨鏡，遮住了部分的臉龐，也不知道若嵐怎麼一眼就認出來的，「倒是比想像得早，看來我們今天可以早點結束。」

「……那也趕不上《無良律師》。」看到外面已經暗下來的天色，我小聲的嘟囔了一句。

「你說什麼？」

「呃，我說那真的是太好了，可以『提前下班』。」我乾笑一聲，跟著若嵐走向李靜淑。

李靜淑似乎是一個很敏感的人，當我們剛向她走過去僅僅兩三步，她走向大門的腳步便微微頓了一下，很顯然已經意識到我們是來找她的。

「你們是？」

站在我們面前的女性，有著一頭長髮，額前極為個性地挑染了一縷紫色，米色大衣在底部切出一個斜角，露出一邊穿著高跟鞋的小腿，手裡提著白色包包，雖然我一個牌子都不認得——可隱隱感覺這一身行頭夠請人把我的房間再裝潢一遍了。

「我們是第二人生的工作者，我叫林若嵐，有些事想向您諮詢一下，不知道是否方便？」若嵐說到這裡，意有所指，卻機鋒暗藏，「因為事情相對私密，並沒有去接待櫃檯詢問您的下班時間以及通知您，只好在大廳等候，希望您別介意。」

喂喂喂，妳這「如果妳不和我談，我就給妳全抖出來」的既視感是怎麼回事？上來就這麼不友好？妳這樣不如乾脆聽我的，說句「小三不得好死」，順勢上去打一架不是更加簡單明瞭？

我毫不懷疑對方會聽不出若嵐的意思，就從在這間大公司上班，再加上她在社交主頁上那些進退自如的言論來看，她毫無疑問是個聰明人。

李靜淑將墨鏡往下一壓，抬眼看著若嵐良久，然後點點頭，「附近有家不錯的咖啡店，因為人不多，氣氛也挺好，我很喜歡，就去那裡吧。」

也不知道是因為若嵐的潛在威脅而妥協，還是根本就不在意，直接便定下了會談的場所。而從她根本沒有詢問我們意願的情況下，說出這種話，也算是表達一種坦蕩的態度。

她在說她不喜歡見我們，但也不害怕我們。

因為之前經過了一段時間的思考，再加上她此刻所表露出的態度，我不由開始覺得——這次估計不會有什麼收穫。

咖啡店並不遠，但足夠偏僻，位在兩幢商務大樓中間一條小巷裡的拐角處，悄然營業著。老闆是個有著八字鬍的中年男子，沒有服務生。

這是一家光線談不上明亮的咖啡店，整間屋子被木頭的氣息包圍，混合著咖啡香味。沒有開空調，只有沖水的聲音和細不可聞的杯具擺放聲，從設施上甚至稱得上簡陋。

當熱騰騰的咖啡被送上桌，李靜淑端起咖啡，細細聞了一下。她聞的時候表情專注，似乎完全忘了對面還有兩個人坐著。

若嵐沒有端起咖啡杯，她只是緊緊盯著李靜淑，單刀直入地問：「請問，李小姐您和劉顯成先生是什麼關係？」

李靜淑正沉浸在咖啡的香味裡，聽到這句話時睜開眼睛，略帶遺憾地抿了一口咖啡然後嚥下，「追求者和被追求者的關係。」

「誰追求誰？」

「我追他。」李靜淑說這句話的時候，滿是坦然，語氣也沒有一般女性時常會有的羞澀感，就和談論下一頓飯準備吃什麼一樣自然。

「可以請您停止這樣的行為嗎？」

「為什麼？」

理所當然的詢問，彷彿不知道我們的來意一般，於是我忍不住將話挑明，「您知道劉顯成先生擁有一位複製人妻子嗎？這也是我們今天來找……」

啪。

李靜淑將咖啡杯放到身前，聲音不大，卻很神奇地打斷了我的話，「我不知道你在說什麼。」

「啊？」

「複製人什麼時候可以結婚了？」

「呃，的確不可以，可是……」

「那他自然就沒有複製人妻子。」李靜淑的眼神冷漠，而下一句話更是讓我感到不寒而慄，「他只有複製人財產，如果我和顯成結婚，她就是我們的共同財產。」

她此刻看著我的目光就像看一件沒有生命力的物體……不，她這個眼神看的不是我，是陸桑。

「當然，我不否認，我一點都不喜歡這個財產，所以我願意跟你們在這裡喝一次咖啡。」

若嵐聞言，若有所思地瞇起了眼睛，「妳是什麼意思？」

李靜淑嘴角一勾，並沒有做正面回答：「你們來這裡是什麼意思？」

「是想要妳停止接近劉顯成一家。」

「不行。」

「為什麼？即便是法律沒有保護複製人的利益，但在道德上，這並不是值得稱道的事吧？」若嵐的語氣漸漸重了起來，指責也變得更為直接，可李靜淑絲毫不為所動。

「我過日子不是為了給人稱道才過的。」

「可她要死了，因為妳的舉動，她遞交了自殺申請，妳去見過她了吧？」

「她？喔，妳說她啊……」李靜淑神情微微一變，沉吟半晌，「這我倒是沒想到，我可不是為了逼死她才上門的。」

「那是否可以答應我們的要求。」

「當然不行。」

「……」

她嗤笑一聲，不屑地搖搖頭：「她現在等於是在說『和我搶男人就死給你看』吧？我怎麼可能因為這種事就改變自己？那婚姻和戀愛乾脆就比比誰敢死好了？」

「李小姐，複製人和妳不同，妳有很多選擇，他們沒有，一旦失去了劉先生，她就什麼都沒了。」

「妳覺得，強迫有錢人去捐款是正確的行為嗎？我有，她沒有，所以我就必須讓出自己的利益？這說不通。」

「但，妳和陸桑曾經是朋友吧？」

聽到這裡時，我差點把剛剛倒進嘴裡的咖啡噴出來，詫異地看向李靜淑。我倒是沒想到她還是向朋友的丈夫下手，真不是一般的人啊……

李靜淑輕笑起來，一點都沒有被點破的難堪，「妳還查得真仔細，連這都知道了？」

「……」若嵐一言不發地看著她，等她說出自己希望她說出的那句話。

「但還是不行，讓妳失望了。」

「為什麼？就算現在交情不好了，可如果因為自己而斷送了她的命，妳這下半生就不會感到一點愧疚嗎？」

「我看起來，就這麼不成熟嗎？」

「……」若嵐沉默，她臉上沒有什麼氣餒的神情，但我發現她放在桌子下的手卻緊緊握了起來。

「第一，她只是複製人，她沒有辦法把顯成綁在自己身邊一輩子，她沒有這個能力留住他，就算現在沒有我，我也不覺得她不需要面對這個遲早要發生的問題。第二，我很努力地生活，很努力地工作，很努力地追求自己喜歡的人，我自己還沒有抓到幸福之前，沒有餘力去感受愧疚。

如妳所見，我不是個博愛的人，但我是個活得很認真的人，說自私也好，說冷血也罷，我不會讓任何東西阻礙我的生活。」

一口氣說了一大段，李靜淑口渴了，她重新拿起咖啡喝了一口，皺了皺眉，從一邊扯了半包糖灑進去，「今天不排斥和你們見面，主要是想讓你們說服她，並安排她以後的去處，但既然她現在想死了，那你們就看著辦吧。」

聽到這裡，我忍不住告訴她關於複製人所面對的問題，期望她能多考慮一些，「就算她願意，每年允許複製人的工作崗位也有限，如果排不上名額，等待她的也是死。」

「……如果要結婚，我頂多允許她多住兩年。」

聽到這句話，本來想忍一下，但我最終還是覺得好像有隻爪子在我心裡撓癢癢，最終憋不住問了句：「……您這口氣好像十拿九穩，劉顯成先生已經同意了？」我自己都不確定我說話時有沒有帶著嘲諷意味，但很明顯……李靜淑沒有反應，至少沒有表現出絲毫的不悅。

「不，還沒有，但這是必須達成的目標，沒有妥協的餘地，而且你也別覺得他們的關係有多好，如果真的那麼好……當初顯成怎麼會來找我？」

「是他來找您的？」我忍不住對那個男人起了一絲厭惡。

「可能一開始並沒有別的心思吧，但他們之間存在著問題，那麼發生什麼都是有可能的。」

「問題？什麼問題？」

「再也無法喜歡上妻子的問題。」

這好像是很多出軌者都會掛在嘴上的理由啊……

「你不喜歡這個理由？」李靜淑很敏銳地發覺我的異樣，忍不住笑了笑：「看來結婚後會是個好男人。」

我挑了挑眉，沒有因為她對我的評價而感到高興，「可是現在複製人的原型就是她，這已經說明很多事了。」

「因為他確實很愛她，可卻不再喜歡她了。」

「有區別？」

「你說呢？」

「……」我沒有辦法反駁，只能隱約感覺她說的好像有那麼點道理，雖然這個道理確實不討人喜歡。

若嵐從鼻子裡長吐了一口氣，看來即便有所預料，她也沒有辦法不帶絲毫負面情緒地接受，在咖啡即將冷卻的那一刻，她重新確立了方向——

「那麼，就只有換一種談法了，我們並不強求妳不去追求劉顯成，但至少請在近期不要再接近劉顯成一家，這樣可以嗎？至少讓我們安撫好她的情緒，並給我們足夠的時間讓她排上下一次的複製人工作名單……」

「多久？」

「一年。」

這下，李靜淑很明顯猶豫了，她的表情讓我燃起了一絲期望，但隨之便被她重新恢復的冷漠所澆滅。「不行，太久了。」

若嵐的身體微微前傾，她的眼神漸漸開始變得銳利起來，「為妳自身的目標考慮，我覺得妳應該答應。」

似乎感覺到若嵐態度的轉變，李靜淑訝然問道：「為什麼？」

「因為劉先生並不知道妳單獨去見了陸桑。」

李靜淑終於不悅地皺起了眉，「妳是在威脅我？」

若嵐突然轉過頭，拍了拍我的肩膀，「法子你都想了一下午了，你來解釋。」

「啊？」我被突如其來的要求嚇到，結結巴巴地說：「妳、妳確定？」

毫無疑問，因為若嵐的話，李靜淑顯然認為這是我出的陰招。她的神情變得不善，冰冷的目光如刀一般刺向我的臉，讓我不自在地稍微往後仰，一邊開口說話，一邊絞盡腦汁想著若嵐的意圖——莫非她是在考驗我？

「別、別誤會啊，我沒想過威脅這件事。」

說出這句話的瞬間，我就恨不得打自己一巴掌。

這不是等於承認這件事就是我出的主意嗎？這鍋我不想背啊姐姐！

「誤會？喔……」李靜淑點點頭，也不知道信不信，她用手指輕輕敲了敲桌子，發出「篤篤」的催促聲，「那麻煩你解釋一下。」

「因為這不是威脅，真的不是。」我來來去去重複這句話，同時心思電轉，終於在額頭即將冒汗的瞬間，靈光一閃，「是……喔，對了，是陳述事實，對，就是這樣。」

「事實？」

我此刻已然恢復了冷靜，同時肚子裡把若嵐這個亂來的前輩鄙視了一番，「您想啊，如果陸桑真的死了，劉先生一定會詢問我們原因，對吧？」

李靜淑皺眉：「你們可以不說。」

「啊？這……這個嘛……啊哈哈。」我一下子尷尬了，但幸好有若嵐救場，她接過我的話頭。

「第二人生公司規定，尊重複製人自殺意願，如果她並不願意隱瞞，我們對劉顯成先生是有告知義務的，這項權利也被自治市法律所保護。所以到時候，恐怕劉顯成先生會覺得是妳逼死了陸桑。」

這句話讓李靜淑陷入了沉默，她終於失去一開始的從容，臉上的神情陰晴不定。

良久，我們聽到她的答覆，她語氣裡帶著淡淡的無奈，卻又無比堅定，「……頂多三個月，這是底線。」

第四章 混亂的計畫，神祕的毒品

晚上九點，我沉著臉進了家門。《無良律師》應該已經播放一集了，做為不按順序看就會肚子疼的我，自然放棄了打開電視機的打算。

但這只是讓我心情不好的其中一個理由，另一個理由是，原來今天下午的鍋根本不是考驗——

「咳，剛才我的應對怎麼樣？合格了吧？」

「嗯，表現比我想像得好，挺會說話的，否則我就只好真的威脅她了。」

「……妳是真打算威脅她？不是新人考核之類的嗎？」

「不然咧？況且誰有閒功夫考核你啊？」

腦海中浮現的這段對話，在我回家途中至少迴蕩了三十遍以上，如同寺廟裡的鐘被不懂事的小和尚一個勁地撞一樣，撞得頭暈目眩，面紅耳赤。

太丟臉了。

背了黑鍋也就算了，居然還有這種自以為是的想法。做為第一天上班的經歷，這感覺實在說不上好。

「回來啦？工作怎麼樣？還適應嗎？」

母親從廚房裡走出來，手上拿著一條冒著熱氣的毛巾，遞了過來，「擦擦臉吧。」

我接過之後，將毛巾摀在臉上，然後緩緩地向下擦了一把，在這瞬間我才感覺到一股疲憊，恨不得倒在沙發上呼呼大睡。

我有些驚訝，僅僅是一條毛巾而已。

母親對此好像已有預料，她微微一笑：「還喜歡嗎？」

我一愣，連忙點頭，感激地說道：「嗯，喔，溫度正好，謝謝……」

有媽真好，我不由得心裡感嘆，同時對於複製人的不平等待遇，不由得更為不滿。

但母親緩緩搖頭，「我是指你的工作。」

我被這個問題問得有點糾結，最後腦海中想起若嵐那有些亂來的做事風格，忍不住搖搖頭，「……不喜歡，和我一開始想的不一樣，所以我應該會找時機轉部門，或者辭職。」

母親聞言，沒有馬上做出什麼評價，只是拉著我讓我在客廳的沙發上坐下，隨後才很認真地對我說：「修元，人在喜歡某一樣事物的時候，多想一下是正常的；但如果說『不喜歡』的時候，還猶豫那麼久，那就最好再等一等。」

「為什麼？」

「這樣以後才不會在失意的時候想『我本來還有另一種人生可以選擇』，後悔有很多種，但這種是最難受的。」

雖然並不能保證以後一定不會出現這種情況，但聽在注重計畫的我耳裡，還是感覺到有點刺耳，再加上今天的經歷，不由得感到沮喪，「妳這話說得好像我以後一定會失意似的。」

母親看到我的表情，倒是笑了起來，「不是對你沒信心，我知道你做事有計畫，但計畫始終是計畫，每個人都會有人生低潮，這只是為了讓你以後遇到困難時能好過一些。」

「知道了。」我自然明白母親並沒有惡意，也能夠理解全天下父母的思考方式。他們會更加擔心孩子的低潮，而不是顛峰。

正思索著，便聽到一陣極為懶散的腳步聲傳來，那是穿著拖鞋的腳步聲。聽起來拖鞋穿得很是鬆垮，來人走路時腳掌也根本沒抬太高，導致至少有一半的鞋底是觸碰在地上的。

說是走路，在聽覺上恐怕更接近拖行——簡直沒法忍。

還沒等我對此表示出什麼不滿，就聽到背後傳來了一陣低沉的嗓音：「為什麼要選自己都不知道喜不喜歡的工作呢？」

「我以為我會進自己想進的部門啊！」我頓時有點懊惱地轉過頭，「不是每個人都和你一樣這麼幸運啦，老爸！」

一名枯瘦的中年男子動作慢悠悠地打開冰箱，隨後撓了撓亂糟糟的頭髮，略帶失望地說：「啊……沒草莓牛奶了喔？」

這個目中無人的中年男人就是我的父親，叫做鄭齋，這個名字挺適合他的，因為和「宅」發音近似。至於要問為什麼，僅僅以這個年齡來看，他的屬性稀有得和大熊貓差不多——死宅。

宅男這個世界上有很多，但上了年紀的宅男卻不多。尤其是結了婚，有兩個孩子，收入還能養活一家子的宅男更加不多了。

現在依靠幫一些公司編寫程式為主，特別是關於防火牆的程式，他已經連著好幾年幫一些公司和銀行修改漏洞，賺得盆滿缽滿，但就是不願意出去上班。

因為他覺得，把時間浪費在路上，簡直就是在賣命。大學畢業後，租了個房子，然後說不出門就不出門，算是這一輩最早依賴網路購物的人。賴在家裡幾十年，除了類似老婆生孩子得去醫院看沒辦法，他連自己結婚都不願意在外面辦一場。

這種死宅居然會有老婆孩子，我推算著他可能上輩子是拯救銀河系的超人力霸王。

但他確實是一位極為專一的人，做什麼都很專一。從小就喜歡電腦，從小就和我媽青梅竹馬，從小就只愛喝草莓牛奶，基本誰跟他搶他就跟誰急。

「你喝的？」他很不滿地瞪著我。

「家裡小妹喝的。」母親在旁邊說了一句。

「喔，那就算了，再買就是了。」

他這是「如果是兒子喝的就不會這麼算了」的意思。所以你看，他真的很專一，專一到就連兩個孩子，他也只寵我妹。

「你，去買草莓牛奶。」

我愕然地指了指自己的鼻子，「我？」

死宅老爸很理所當然地點點頭。

「我才剛回來耶！」

「那正好，連衣服都不用換。」

「我去吧。」母親在旁邊無奈地笑了笑，然後便向一邊的衣架走去，卻被我和父親攔住了。

「妳去幹什麼？」死宅老爸霸道地攔住母親前進的方向，而我在旁邊嘆了口氣，「還是我去吧，老爸說得對，我連衣服都不用換。」

就這樣，我帶著些許鬱悶出了門。身上的疲憊還沒來得及散去，臉上還留著熱毛巾的餘溫，在夜風吹拂而過之後，我忍不住打了個冷顫。

今年的冬天，怎麼這麼長啊……

心裡這麼想著，我走向樓下不遠處的便利商店，順手拿了一個籃子，駕輕就熟地直奔放著草莓牛奶的飲料櫃前，然後我皺起了眉。

搞什麼啊，怎麼飲料櫃上亂七八糟的？

於是我把籃子放到一邊，開始整理那些被擺亂的飲料。

「我聽到這裡的聲音就知道是你。」穿著便利商店服裝的青年不知道是從哪裡冒出來的，站到我的身邊，幫我一起整理，同時懶洋洋地出聲：「上班了沒啊？」

我轉過頭看了一眼沒精打采的青年，他紮著馬尾，在額前很風騷地留下一綹劉海，「今天是第一天……還有啊，這裡你倒是整理一下啊，好歹這是你自己的店吧？又不是打工的，認真點。」

他叫申屠宣，很少見的複姓，屬於從名字開始就可以吸引注意的類型。而他也確實在某些方面真的引人注意。他對聯誼相親這種事極感興趣，終極目標就是結婚，生兩個孩子，還得是一男一女，先不說這種純看臉的目標到底行不行，但至今為止，兩個孩子的前置條件依舊無法達成——因為沒媽。

「沒有女主人的地方一切都是空虛的！在空虛的地方怎麼可能有動力！」

申屠宣理直氣壯地反駁後，就突然垂頭喪氣起來，「在這個時段的一個員工又辭職了，全部都靠我來，哪忙得過來。」

「如果你不是只招適齡女員工，或者不去追她，我覺得你不會沒有人手。」我冷笑一聲，拿了兩大包裝的草莓牛奶，放進籃子，「沒被人告職場性騷擾就不錯了。」

「我又不會動手動腳……」申屠宣很委屈地嘟囔，「沒人規定不可以玩辦公室戀情啊！」

「那好歹別嚇人啊大哥！」

「哪有？」他很憤怒地瞪著我，大有一言不合大打出手的氣勢，「熟客歸熟客，你這樣亂講話我告你誹謗喔！」

但也就是氣勢而已，他的實際戰鬥力估計還不如蕊兒。所以我完全不懼他張牙舞爪的威脅，用鼻子很不屑地出氣，「每次和人家姑娘都是認識不到三天就開始求婚……誰不跑啊？」

「你懂什麼！這是來自愛的熾熱！女人最需要的就是這種！」

「熾熱？倒是沒錯了，都快把人烤熟了。」我把手上的籃子遞到他手上，「喏，就這些，快給我去結帳。」

中屠宣話剛到嘴邊，就被我手上的籃子壓了回去，他不甘心地哼了一聲，走向結帳處……

「嗯？」我愕然看著中屠宣把兩個麵包也一起放到袋子裡，交到我手中。

「幹麼？」

「我沒買這個啊……」

「牛奶當然要配麵包嘛！沒麵包怎麼行？」他理所當然地說著，然後彷彿大俠打發點頭哈腰的店小二似的，一臉傲嬌，「走啦，看你今天第一天上班辛苦，本大爺請你的，不用太感激我！」

「那個，申屠啊……」我有些不大好意思。

申屠宣揮手揮得越發不耐了，「都說不用謝了，走啦。」

「……不是，這個麵包被壓扁了，簡直沒法忍，快給我換一個。」

「……滾。」

這麼小氣，難怪找不到老婆。心裡這麼想著，我哼了一聲轉頭就走。

不知道是跟申屠宣插科打諢了一下，還是漸漸調整到回家的狀態，當我把東西交給老爸，梳洗完畢後，躺在自己的床上，發現自己的心情竟然沒有剛才那麼糟了。

當然，也得謝謝蕊兒今天沒來給我找麻煩。今天的作業似乎很多，所以她一直在書房裡沒有出來。

我關上房間的燈，唯一的光源是手上的手機，等我瞇著眼看完今天的《無良律師》，已經是半夜十二點。

這是打破自己計畫的一天，本來按照計畫，這個時間我已經閉眼睡著了。但為了防止第二天被意外劇透，最終還是決定在睡前把今天落後的進度看完。

手機震動了一下，提示有新的未讀訊息。我看到寄件者是若嵐，本來有意直接關了手機，第二天再看，但手指卻不聽使喚地直接打開介面，想著既然已經顯示已讀，那就好好看一下吧。

「你知道德魯斯嗎？」

「不知道，那是什麼？」

「一種藥品，沒什麼，只是問問，明天見，晚安。」

我皺了皺眉，心想妳大半夜的就為了問這個也是閒得要命，「晚安，明天見。」

關上手機，我拉起被子蓋住頭，卻發現自己睡不著了，雖然很睏，可就是靜不下心來，至於為什麼，就要問某個天殺的混蛋了……

那個德魯斯到底是個什麼鬼啊？

我又重新打開手機，開始搜索關於「德魯斯」的資訊。可是很遺憾，我沒有查到關於這種藥品的資訊，網路上關於這個詞的描述，更多是說某個過氣的足球運動員。

最終懷抱著疑問，我迷迷糊糊地過了一晚上，也不知道自己到底有沒有睡著。直到早上七點鬧鐘響起，不得已帶著痛苦起床，幾乎是以一種夢遊般的狀態完成了梳洗。直到坐到餐桌前，看到母親擺在我面前的小米粥，才有點清醒。

「沒睡好？」母親關心地問。

「啊，還好啦，不過那到底是什麼鬼啊……啊好燙！」我打了個激靈，將嘴裡的小米粥忙不迭地吐出來。

「啊哈，這下醒了吧？」蕊兒穿著高中制服，幸災樂禍地對著我笑。

「啊！妳的校服都沒燙平！簡直沒法忍！」

「又沒皺，只是沒那麼平而已，要你管！」蕊兒哼了一聲，完全沒有意思去接收來自兄長的寶貴意見。

桌上擺著香腸、肉鬆、荷包蛋、醬瓜，還有燉得軟爛的關東煮蘿蔔，但父親完全沒有動，只是坐在桌前，嘴裡咬著吸管，喝著他的草莓牛奶，雙眼盯著手機。

「吃飯時不要看。」母親對父親說了一句，父親抬頭看了她一眼，然後「喔」了一聲，乖乖把手機放到身後的沙發上，一副眼不見為淨的樣子。

雖然這麼做了，可這個死宅老爹很明顯各種不適應，唏里呼嚕地挖了兩口粥，左手空空地想要抓個什麼，但最終還是徒勞的放下，最後紅著眼叫我：「你！」

我嚇了一跳，「幹、幹麼？」

「你昨天沒睡好？」

「還、還好啊，就是想點事，查資料也剛好沒查到，所以有點在意。」

「查什麼？」

「查一種叫做『德魯斯』的藥。」

「……」父親的臉色驀然變了，他放下筷子，下意識地看了母親一眼後，才沉著臉問我：「你從哪聽來這個詞的？」

「怎麼了？」看父親臉色不對，母親插了一句嘴，神情略帶憂慮。

「沒事，就是想知道這小子到底從哪裡知道這些的。」父親看著我的目光就好像我是一名誤入歧途的不良少年，「不管是誰跟你說的這個東西，你都不許碰，賣這個的都是些騙子，不要信。」

「老爸你知道這種藥？」我不由得瞪大眼睛，感覺自己似乎是有生以來第一次認識他。在我的印象裡，他可不是關心這種東西的人。

「這是從幾年前開始，就一直流傳在複製人圈子裡的一種東西，說這種藥可以帶來極致的快樂，但誰也沒真的見過。」

原來是關於複製人的，難怪……

關於複製人的資訊，做為早期就申請複製人的顧客，父親自然關心。要不然他也不會這麼早就申請到複製人，要知道在十多年前，複製人的生產力還沒有這麼高，申請條件遠比現在更加嚴苛。

我覺得這個說明聽著很可疑，簡直就是招員警上門用的，「聽著廣告詞像是毒品。」

「它是毒品，也不是毒品。」

「什麼意思？」

「傳聞裡它的效果是很接近毒品的，有致幻、減輕病痛等等的效果，可沒有成癮性，對身體也沒有太大的損害。」

沒有成癮性，沒有負面影響，卻有毒品帶來的快感？

怎麼可能？

我忍不住吐槽：「哪有這種東西？我都想試試了！」

「都跟你說沒有了，總之，別去碰，都是騙人的。」老爸少見地拿出父親該有的威嚴，他沉著臉，瞪著我說道：「聽明白了沒？」

我連忙舉手投降，「我也就說說，你急什麼？」

吃完早餐之後，我抓起掛在一邊的外套披上，最後再檢查了一遍隨身物品，便出了門。擠上往公司的地鐵後，掏出手機打開昨晚臨睡前的聊天視窗，對若嵐發了一則訊息——

「妳說的德魯斯，是那種不會上癮的致幻劑嗎？」

不到五分鐘，若嵐便回了訊息。「對，你查到了？」

「不多，只是聽說複製人圈子裡有這個傳說。」我厚著臉皮回答，不好意思說是被老爹科普的。「不過妳問這個傳說幹什麼？」

若嵐沒有回答，只是告訴我到了公司打卡後，直接在大門口等她。她為什麼不願意多談這個？明明是她打開這個話題。

等我在一樓大廳看到若嵐時，時間已經是早上九點。

若嵐開車在門口停下，車窗降下一半，對著我很乾脆地點了點頭，「上車。」

「早。」這是我上了副駕駛座後的第一句話，而若嵐瞥了我一眼，敷衍般地「嗯」了一聲。

「今天去哪？」

「陸桑家，昨天我已經約好了。」

「去勸她……」聽到若嵐的話，我隱隱對今天的任務起了些疑問，「離開那個家嗎？」

這種逼迫他人離開屬於自己的家，無論從哪個角度上說，我都能感受到來自道德方面的壓力，這種事的任何一個環節在情感上我都不想參與。

「算是目的之一。」

「還有別的目的？」

「檢查她有沒有吸毒。」

「啊？」我突然意識到她為什麼會問我關於德魯斯藥劑的問題，她在懷疑陸桑是否吸毒了。

「複製人吸毒往往會造成精神問題，導致有自殺傾向的並不少。」若嵐的聲音平靜，但卻帶著一股不近人情的冷意，「最近她常去酒吧，如果真的有事，她必須接受強制性治療，短期內就可以讓她離開那裡，到時候再慢慢勸她別輕生也行。」

「去酒吧就會吸毒？」我忍不住皺眉，這種用有色眼鏡看人的方式實在讓人不悅，「雖然我也不喜歡那些地方，但妳這樣無憑無據地亂懷疑……」

「懷疑是保護複製人最重要的方式，我倒是希望自己每次都是冤枉人了。」相比昨天，我感覺到若嵐的心情似乎差了一些，至少沒有昨天那麼有耐性。「鄭修元同學，要照顧複製人，就不要一個勁地當好人，你當了好人，他們真的去當壞人怎麼辦？真出事了他們根本扛不住，他們是複製人！跟你不一樣的！」

稱呼我的全名，句尾再加上「同學」兩個字，我再笨也明白這位前輩因為我的態度而感到不爽。

我確實感到不悅，但同時也有一點愧意。因為從昨天到今天，我在某些個人道德角度上的質疑確實足夠讓很多人感到難堪。

「……對不起。」我誠懇地道了一聲歉。

若嵐沒有說話，但我聽到車子的引擎聲逐漸加大，因為她無意識地用力踩了油門。

引擎的轟鳴聲，彷彿在宣洩著一股煩悶。

第五章 文靜的女子，妖豔的夜晚

門口旁邊的窗沿擺著一盆青葉綠蘿，從那翠綠葉片上閃爍著的晶瑩露珠來看，主人並沒有荒廢對它的照顧，沒有一絲枯意，滿滿的生命力隔著窗戶傳遞而來。

在兩聲悠長的門鈴聲響起後，屋內傳來了輕柔的腳步聲，閉上眼甚至能夠感受到軟底拖鞋踩在木質地板上時的質感。

門開了以後，站在我們面前的是一位穿著米色亞麻衫，簡單地配了一件藍色長裙的女性，她的衣服上沒有任何的圖形和標籤，身上樸素得沒有任何首飾。

她的頭髮，也只是簡單地束起，從左側的肩膀垂下，容貌說不上出眾，卻帶著一種讓人能夠平靜下來的氣質。

「好久不見。」她帶著微笑，溫和地對若嵐說道，又禮貌地對我點了點頭，算是打過招呼，「稍等，我給你們拿拖鞋。」

她就是陸桑，即將寄給我們第三封自殺申請的複製人。

「不用，我們有帶鞋套。」若嵐出聲拒絕，她的聲音沒有太多情緒波動，雖然並不冰冷，卻透著一股公事公辦的味道。

「還是穿拖鞋吧，一直穿著外出的鞋子，腳一定會累的。」她的聲音裡帶著一種溫潤的堅持，讓我們沒有辦法拒絕，甚至包括若嵐。她躊躇了一下之後，沉默地脫掉高跟鞋。

我頓時感到棘手。

這世上最難被說服的，就是這種外柔內剛的人。他們不會因為說服者的交流技巧，而輕易改變自己的看法。能讓他們放棄決定的，只有改變現實的客觀條件。僅憑話術，能夠起到的作用恐怕微乎其微。

「我們收到妳寄出的第二封信。」坐在沙發上，若嵐接過陸桑端過來的熱茶，「所以今天過來，希望能和妳談談。」

「今年的新茶還沒出來，可能會有點澀，別介意。」陸桑沒有搭腔，如同一次正常的招待，彷彿我們真的只是來拜訪的客人，沒有一點沉重。

我轉頭四顧這間客廳，裝潢並不算奢華，但看得出主人在布置上的用心，沙發前的地毯被整理過，乾淨得看不到一絲頭髮。電視機兩側的櫃子上各擺了一排精緻的許願娃娃，玻璃櫃門被擦得一塵不染。斜角的陽光透過白色的薄紗窗簾，霧茫茫地飄進來，柔和而不刺眼。

「願意再等等嗎，我剛才在準備烤餅乾，要不要試試我的手藝？」

陸桑微笑著詢問，我在她的臉上看不到難堪，甚至從她的態度上看，她應該是喜歡這樣的生活的。

這世上怎麼會有喜歡目前的生活，卻依舊要去尋死的人？

「不用那麼麻煩，我們是來談談的。沒談好，我沒心思吃東西。」若嵐的話很直接，繞過了所有可以繞過的寒暄。

陸桑點點頭，在我們對面坐了下來，可接下來空氣反而變得僵冷，完全沒有開始那般自然。

於是我決定率先開口，同時也因為心裡的疑惑，想試探性地查看陸桑的反應。「我叫鄭修元，您好，陸女士，我想確認一下，最近的那封自殺申請，是您親自寫的嗎？」

陸桑啞然失笑：「當然是我寫的啊，這難道會有假冒的嗎？」

若嵐瞪了我一眼，「他是新人，不懂事。」

「我不介意，沒事的。」陸桑溫和地搖頭，「人都準備要走了，哪裡還會計較這種小事？」

「我希望妳能改變主意。如果不喜歡現在的生活，我可以調整妳的生活環境，只是需要時間申請，到時候，妳還會有一份工作。」

「不用，我很喜歡現在的生活。」

「既然喜歡，為何想不開？」我忍不住問道。

陸桑笑了，她看著我的樣子彷彿像看個迷路的孩子，「你喜歡錢嗎？」

我不是很明白她的意思，「我覺得這世上沒人不喜歡。」

「那你會因為喜歡錢，而去偷別人的錢嗎？」

「呃，當然不會。」我想了想，又補充了一句：「至少大部分人都不會。」

「我理解，」陸桑的聲音帶著一股讓人平靜下來的力量，似乎可以讓聽眾去接受任何不可思議的事，「所以我也不會。」

而我也發現了原因。比起一般人的語速，陸桑說話慢了不是一點點，彷彿詩人在低吟一首詩，帶著飽滿卻不外溢的情感，猶如沉浸在夏天微涼的湖水之中。

「妳想說，這生活不是妳的？」若嵐皺起了眉。我看到她的左手抬起，將左邊鬢髮捋到耳後，讓目光顯得越發銳利，「妳從什麼開始，變得這麼鑽牛角尖了？」

陸桑聞言，沉默地低下頭，捧著茶杯要喝，但最終卻放了下來。「這不是第一天妳送我來這裡，就告訴我的事嗎？」

若嵐神情不變，但我卻注意到她握住杯耳的手緊了一下，「……我只是讓妳認清，並且接受。」

「妳只做到了一半。」陸桑微微一笑：「可即便是一半，我也很感激妳。」

「……」

「不必有太多負累，這是我的權利，連你們都沒有的權利。」

若嵐沒有因這句話而感到安慰，尖銳地指出自己的猜測，「是因為李靜淑嗎？」

陸桑臉上的笑容消失了，表情變得複雜，眼眸微惘。雖然沒有證據，但我深信，此刻在她眼裡，沒有一絲一毫我們的存在。

她陷入自己的世界，緬懷著曾經不屬於她的一切。

良久，她重新開口，語氣堅定而有力，我卻聽不清她到底在說服誰。「不是。」

「那為什麼她來之前沒事？」

「沒事？我覺得，從現在開始，才是沒事的。」

「劉顯成對妳不好？還是妳覺得他劈腿了？」

「沒有，他對我無微不至，比起婚前還要溫柔。」

「妳沒有說實話。」

「這只是妳不想聽。」陸桑看著若嵐的眼神很奇怪，這股情緒清晰得讓我感到熟悉，並且也明白自己應該知道，可卻如佛教中的所知障一般，無從分辨，「妳就這麼不信任他？」

說實話，我也並不信任那個叫做劉顯成的男人，尤其知道李靜淑最近曾接觸劉顯成之後。

但陸桑的口吻，卻真誠得讓人不敢相信，她彷彿真的相信劉顯成不會犯這種錯誤。可從常理來說，這是不可能的，尤其當李靜淑來找過她之後，她的心裡怎麼可能真的沒有一絲懷疑？

出乎意料的是，若嵐則因為陸桑的反問，陷入了沉默。在這一刻，似乎自身存在問題的不是陸桑，而是若嵐一樣。

我看不懂，為什麼之前表現都很強勢的若嵐，面對陸桑這簡單的反問會如此動搖。瞥了一眼沉默的若嵐，我決定發出自己的聲音。

「請問，為何您不滿意我們的建議呢？您完全可以開始一段新的生活，我們可以為您安排。」

「我不想要被人安排。」

「呃……」我不太確定陸桑是不是在嗆我，於是小心地確認她的表情，卻沒有發現什麼不悅的情緒，「抱歉，可能是我用詞不當，我的意思是……」

「你沒有不當，而是事實如此。」

「……」我張了張嘴，本能地想要反駁什麼，但基於禮貌，再加上肚子裡也確實沒有打好草稿，反而露出了窘迫的一面。

陸桑對此輕輕一笑：「以後你會明白的，這不急於一時。」

我不喜歡她的口氣，這讓我想起小時候問大人一些問題時，得到最多的一種答案就是「等你長大就知道了」。

就好比一些生理知識，我必須感謝同學家裡那一堆神奇的影片，以及學校裡被注滿水砸到地上的透明水球，雖然第一次看到真的很衝擊。可沒辦法，因為沒人給我一個循序漸進的過程。

我強忍著自己對這種類似句子吐槽的欲望，煩悶地捧起茶杯喝了起來，可還沒等我抿上幾口，若嵐忽地站了起來，嚇了我一大跳。

「我還會再來的。」若嵐重重地說完這句話後，轉頭冷冷地看向我，「還不走？」

「呃。」我老實地放下茶杯，對陸桑禮貌地點點頭，「打擾了。」

「哪裡，是我麻煩你們了才對。」

「怎麼這麼輕易就放棄了？我覺得還可以談談看的。」

「只是不在她的家裡談而已，說不上放棄，不過……」若嵐坐在駕駛座上，手指在方向盤上無意識地敲擊，「我確實暫時不打算和她談了。」

「為什麼？」

「她沒有說謊，但不是因為她誠實，而是她什麼都沒說。」若嵐略顯嫌棄地看了我一眼，「你這次沒發揮什麼太大作用喔。」

作用？該不會是指上次那樣給妳背鍋吧姐姐？

我突然覺得胃有點疼，愁眉苦臉地掏出口香糖，丟了一塊進嘴裡，「那接下來怎麼辦啊？」

「不能讓她在家裡做好一切準備等我們來。」若嵐發動車子，卻在社區裡轉起了圈子，最後在陸桑的公寓遠處停了下來，一邊打開車裡的顯示器螢幕，一邊撥打公司的電話：「老吳，麻煩把編號 IMI043920 的監視器畫面轉給我，嗯，就是上次那個。」

不到三分鐘，車裡的螢幕就出現了剛才陸桑的家門口。

「……這是要偷窺？」

若嵐冷冷地瞥了我一眼：「是監視，不要說得好像變態一樣。」

除了員警辦案、保安看門，做這種行為的都叫偷窺，不叫監視。

可這種話我沒有說出來，因為很明顯若嵐不會在意我的看法，於是我把注意力放到別的方向上，「就這樣盯著門口幹麼？」

「等她出門。」

等她出門？才迷惑了一下，我便突然意識到了，「妳想跟蹤她去酒吧？妳還是懷疑她吸毒？」

「……」

「她要是只是喝酒解悶呢？」

若嵐沒有正面回答我的問題，而是說出了一句讓我一頭霧水的話，「她是複製人。」

「什麼意思？」

「你聽不懂的話，看著就知道了。」

「啊？」

「兩小時輪班制，我先睡一會，你盯著，時間到了叫我。」說完這句，也不知道若嵐從哪裡拿出一副眼罩，把座椅角度往後調整之後便休息了起來。

眼罩是黑色的，上頭用鮮血一般的紅色恐怖字體寫著四個字——吵醒則死。

她剛才讓我叫她是不是真心的啊？我突然感覺心裡有點發毛，因為想起了家裡的蕊兒，我這老妹每天起床的瞬間簡直戰鬥力破表，平均每個月死在她手裡的鬧鐘最少有三個。休息日如果沒有讓她睡到自然醒，不小心吵醒她的話，她可以拿著家裡的擀麵棍追殺我五公里。

最終在兩個半小時後，因為忍不住漸漸襲來的尿意，我懷著一種死也不尿褲子的堅決意志，用一根手指點醒了若嵐。

「唔……」她發出一聲略帶不適的呻吟，然後伸手扒下了眼罩，略顯惺忪的睡眼蘊含著一絲絲如我預料一般的怒意。

「你幹麼？」

「是……是妳讓我叫妳的啊……」

「……喔。」很明顯，她似乎才剛反應過來，看了看錶，略帶不滿地說道：「你怎麼這個時候才叫我？」

我怕再早一點會死啊姐姐！

還不等我說什麼，若嵐便打開車門，「我去一下洗手間，你先等著。」

我愣愣地看著她遠去的背影，然後低頭將她隨手放在一邊的眼罩收好，整齊地放到收納抽屜裡——最後打了一個自己耳光。

我也想去洗手間啊！

我和她輪班監視陸桑的家門口，若嵐再也沒有睡過，她開始用手機處理自己能夠處理的工作，同時時不時地教導處理一些複製人審查上的問題，並將一些複製人的聯繫方式交給我，讓我試著和這些人寒暄。

「你必須讓他們害怕你，同時卻相信你。」

這是她告訴我的工作準則，我並不喜歡，卻不得不承認有道理。因為人不願意去反抗恐懼，而如果得到幫助，配合著一絲恐懼，人便會開始依賴。
這個依賴，源自於軟弱。
我們在車上解決了午餐，若嵐打了電話讓公司裡另一位去餵那隻柴犬。我問公司裡另一位可以餵柴犬的人是誰。
她告訴我，那個人是第二人生最年輕也最不靠譜的董事會成員，任職常務副董事，林蕭然。
我對這個評價有點好奇，能被一位做事毫無計畫的人說不靠譜，那得亂來成什麼樣？這樣的人也可以進董事會？
「有多不靠譜？」
「如果給你倒一杯咖啡，他會往裡面加半瓶七味唐辛粉。」
……這種形容確實很糟糕啊。
還不等我感嘆這位亂來的人，我突然被螢幕上的畫面吸引住了，陸桑的家門口來了兩個人，是兩名年輕的高中女生。
站在畫面右邊的那一位，是我的妹妹——鄭蕊兒。

「怎麼了？」

若嵐也許是發現了我的表情不對，便開口詢問。

「我妹妹。」

「嗯？」若嵐眨了眨眼，好像還沒反應過來。

「右邊的那個是我妹妹……她是怎麼認識陸桑的？」我茫然地看著被陸桑引領進去的兩個女生，可隨後便猛地感覺到一股強烈的違和感，彷彿吃魚時不慎卡到魚刺，讓我忍不住痛苦地說道：「而且她的雙馬尾為什麼一邊垂在肩膀前，一邊垂在肩膀後！簡直沒法忍！」

「……她應該只是轉了下頭而已，很正常。」

「正常個鬼！好端端地轉頭幹麼！應該轉身啊！」

「……」若嵐看我的眼神彷彿在看一位沒吃藥的精神病人。

我頓時有點心虛，「我說得不對？」

「你說呢？」

「……」

「不過……」若嵐也許覺得這個話題聽著太蠢，所以話鋒一轉，拋出一個吸引我注意力的話題，「我可能知道你妹妹為什麼會去那裡。」

「妳知道？」

「你妹妹是不是有在清河塾補習過？」

「呃，是這樣沒錯。」

「陸桑去年涉嫌持假造的證件，違規參加了工作，當上青河塾這間補習班的老師，之後因為沒造成什麼影響，走了一下關係，我和補習班談了一下，讓陸桑辭職了事，不過劉顯成還是得付賠償金就是。」若嵐嘴角勾了勾，我看不出她到底是對陸桑表示讚賞，還是對這個現象表示譏諷，「沒有合法證件被辭退的老師，倒是挺得人心的。」

「我妹妹知道她的老師是複製人嗎？」

「不確定，但我知道補習班是把這件事壓下去了，當作正常的辭職，他們也不想對陸桑追究什麼，當時甚至還有想挽留她繼續當老師的想法。不過複製人法案規定好的事，人情是走不通的，可陸桑有沒有說出來，就不知道了。」

「她應該是個好老師。」我感嘆著，同時心裡也為這樣的人無法正常工作而感到可惜，「可惜這個社會有毛病，不給她機會。」

我說出這句話的時候，我聽到若嵐鼻子裡輕輕出氣的聲音，似乎是發出一聲細不可聞的輕笑，頓時有點不滿，「妳又覺得我的想法有問題？」

「有也很正常，但你這樣也不錯。」

又出現了，這種人生前輩般的口氣，但話說了一半，好像倒了一碗不知道有沒有毒的雞湯，卻只給我聞聞味，「……妳是指學生味很濃所以不錯是吧？」

聽出了我話語中蘊含的不滿，若嵐就丟了一包剛才買的魚皮花生給我，「你知道 BB Call 嗎？」

BB Call？

我總覺得這個東西有點耳熟，好像聽過，只知道是聯絡通訊用的。

「在手機普及前，大部分人都用 BB Call，或者也叫傳呼機，如果要聯絡，人們會先把消息告訴傳呼臺，讓傳呼臺幫忙傳遞資訊到傳呼機上，而傳呼機持有者會知道有人要和自己通電話，會按照傳呼機上的訊息找一支公共電話打回去。」

雖然不明白若嵐為什麼要說這個，但我想了想那個東西，相比現在的智慧手機，別說聊天，視訊都已經不是問題了，「……那感覺，還真的好麻煩，怎麼感覺和孩子走丟了張貼尋人啟事似的。」

「和現在比當然麻煩，可在當初，大家還是覺得很便利的，當然現在已經沒有這個東西了，這是為什麼？」

「因為大家都用手機了？」我謹慎地拋出了一個我覺得相對安全的答案。

但若嵐卻嘆了口氣：「你還不明白？」

「妳說什麼？」

「人很聰明，比自己想像得還要聰明。人從一開始就在不斷地創造出東西來代替自己，不想用手吃飯，就發明了碗筷刀叉；不想自己用腦子算帳，就發明電腦；不想趕路靠腳，就發明了汽車輪船飛機；不想打仗靠肉搏，就發明各種武器，哪怕那武器連自己都殺得掉。可人發明了那麼多東西，卻不是全部的東西都被留下來，為什麼弓箭消失了，雨傘卻一直存在？你覺得是為什麼？」

我明白了她的意思。

弓箭這種東西早就被威力更大的熱武器取代，而雨傘卻只有款式之分，千百年下來依然存在，而原因……就是這樣東西雖然簡單，卻難以代替。

這種代替，便可以決定一項事物的毀滅。

而複製人，便是可以完全代替人類本身的一項事物。

「人不是物品，複製人也不是，我們可以互相調節。」我忍不住反駁道。

我並不算樂觀主義者，可也不喜歡這麼昏暗的世界觀，尤其是有家裡的母親在，我越發覺得普通人和複製人完全可以好好相處，並且有一天再無區分。

「我相信哈格里夫斯曾經也是這麼以為的。」

「哈格里夫斯？」

「你小時候學的歷史都忘乾淨了吧？」若嵐看了我一眼，嘆了口氣，「工業革命的開端，他是珍妮紡紗機的發明者，他以自己女兒的名字來命名紡紗機……」

「然後呢？」本來我就對歷史不感興趣，頂多就記得珍妮紡紗機，卻不會記那個拗口的發明者的名字。可被若嵐因為這個而吐槽，我多少還是感覺到有點尷尬，同時也在意為什麼要特別提出這個人。於是我決定把自己當作一個超老實的捧哏

（註1）。

「然後珍妮紡紗機被陷入暴怒情緒的紡織工人們砸了個乾淨……」若嵐說話時，帶著一股讓我心裡發寒的冷意，我感覺到，她對「人」的排斥和厭惡，「因為他們無法忍受自己被取代。」

「……」

「所以生物這種東西，在面臨生存危機的時候是不會跟你講道理的，乖學生。」

「所以妳想說，正因為她適合當老師，所以才不該當老師嗎？」我忍不住心裡的糾結，長嘆了一口氣，「我說，若嵐，妳看待複製人的事都這麼消極嗎？」

「……這只是將自己的期待維持在正常的範圍，談不上消極。」

我突然覺得，若嵐好像因為我的話生氣了，她的聲線似乎比之前都稍微硬了一點。可我不確定這是不是錯覺，「期待太低的話，很多事，妳都不會做到自己能力的極限。」

註1　相聲術語，相聲中附和或者烘托逗哏敘述的那一位。

「呵……」若嵐聽到我的話，發出一聲聽上去是在笑，卻沒有絲毫笑意的聲音，裡面充斥著一股雲淡風輕。

我明白她的意思，只好翻個白眼：「學生味這麼濃真是對不起啊！」

「如果你做上幾年，還是不改變現在這個想法，就真的太好了。」

我們的談話用這句話做為結尾，接著又互相開始輪替。大約在晚上六點，我看到蕊兒從陸桑家裡出來；天色已經全暗，但蕊兒回家應該還是趕得上晚飯。

而我也是六點下班，但此刻我坐在車裡，盯著螢幕，心裡明白今天的《無良律師》也得和我告別了。

剛好時間到了，我對若嵐說了聲，「我去買點吃的，妳要什麼？」

若嵐點點頭，剛要說什麼，目光驀然一凝，「不用了，她出來了。」

我只好把剛剛打開的車門重新關上，螢幕裡陸桑家的門開了。令人意外的是，她的打扮和白天所見的風格已然不同。

黑色的氈帽，戴著墨鏡，從口紅的濃郁色澤上看，她應該是化了濃妝，黑色的修身大衣垂下，勾勒出貼身的弧線，手上的指甲也全塗上了豔麗的顏色。

如果說白天的她是一位氣質淡雅的知性女子，那麼此刻，她已然成為一名濃妝豔抹的貴婦。從她的低胸口露出的深溝處來看，可能還是很奔放的那種。

我突然覺得有點不對，可深究下去之後，卻理不清頭緒。

若嵐發動車子，緩緩開了出去。在往社區的路口，我們看到一部已然停在當地的黑色賓士。

「程源？你還在公司嗎？」若嵐盯著眼前的那部黑色賓士，撥了通電話。「在就好，那你查一下車號，LB54668，對，有什麼記錄沒？車主是誰，做什麼的？嗯，嗯，這樣啊……我知道了，謝謝，那你下班吧。」

待若嵐掛斷電話，我便問道：「查到什麼了？」

「只是做生意的，應該和陸桑不認識。」若嵐搖搖頭，她的臉上倒沒什麼失望的情緒，「估計陸桑只是在UBER之類的程式上預約了一輛車而已。」

陸桑去的目的地並不遠，最終那輛黑色賓士停在一間名叫「另一個夜晚」的酒吧。

「這算是自治市裡很有名的酒吧，不知道你聽過沒有。」

我記得這附近並沒有大學，這裡也不是什麼有名的徒步區，年輕人的人流量並不大，做為酒吧的營業場所，我並不是特別的看好，「有名？因為什麼？」

「複製人可以享受八折優惠，算是唯一一家光明正大偏向照顧複製人，卻沒被人砸了的酒吧。」說這句話的時候，若嵐的口吻裡沒有一絲一毫的譏諷感，但我分明感覺到了她對大眾的蔑視，「聽說，是這間酒吧老闆背後有人，黑白都吃得開。」

「那裡面都是複製人？」

「也沒那麼誇張，還是會有一般人進去的，但相比別的地方，這裡複製人確實要多一些。而那些排斥複製人的人，在這間酒吧是不受歡迎的。」

當我們看著陸桑走進那間酒吧，我解開安全帶，和若嵐一起下了車。若嵐隨手按下自動停車的按鈕後，便一馬當先地走了過去，一點也不怕被發覺。走路的節奏和在公司裡一樣，高跟鞋踩在地上的聲響不快不慢，沒有任何事能夠干擾。

音樂聲如預料中的一樣響，響到讓人覺得連覺得有耳朵這件事都是多餘的。各種顏色的燈光很亮很刺眼，可這個地方依舊讓我覺得昏暗。

昏暗，讓我覺得不自在，因為我甚至不確定腳踩下去的地方會不會有什麼不乾淨的東西。

所以僅僅是一剎那我就明白，這個地方不屬於我。

「她人呢？」

音樂聲比較大，我說出的聲音連自己都沒聽到，更別提若嵐了，於是我又大喊了一聲。

若嵐轉過頭瞥了我一眼，然後扯了扯我的袖子，示意我跟上，最後在一個空著的吧檯角落坐下來。

這個地方的音量稍微輕了一些，染著黃髮的酒保在我們面前露出禮貌性的微笑，「喝什麼？」

「生薑威士忌。」若嵐上來就點了一杯充滿成人氣息的飲料。

而我身為一個有原則的人，對於喝酒這種事自然也有自己的計畫，我表情嚴肅地舉手。「……優酪乳。」

「……」酒保的眼神有點僵。

「……」若嵐詫異地看著我，「怎麼點這個？」

「沒吃晚飯，就算要喝酒也得先墊一墊，對身體有好處。」我認真地向她建議：「妳也該先喝點牛奶之類的。」

若嵐從酒保手裡接過生薑威士忌，十分不屑地哼了一聲，沒有理我，看向另一邊。

好嘛，學生味重真的對不起喔！

我從面無表情的酒保手裡接過吸管和紙袋裝的優酪乳，隨即看向若嵐看著的方向——

陸桑正在舞池中跳舞。

她跳得一點都不好看，動作很僵硬，在舞池中顯得格格不入。

有如一條掉進泥沼裡的錦鯉。

第六章 曖昧的邂逅，意外的答案

陸桑坐在和我們對角的吧檯處，背對著我們，導致看不到她臉上的表情，她跳舞時沒有穿的大衣和帽子放在一邊的椅子上。

必須承認，沉靜的陸桑有一種神奇的吸引力，沒有人覺得會被她吸引，但回過神來，卻發覺已經向她靠近了。

隨後我看到那邊的酒保遞了一杯酒給她，酒杯邊緣有著一顆嫣紅的櫻桃。陸桑抬頭看向酒保，身體微微一側——露出陸桑喝了一半的一杯酒。

我本來還有點奇怪，她還沒有喝完，應該不會這麼快點才對。卻見到那位酒保微笑地點點頭，攤開手向側面一伸，那個方向是一位穿著卡其色皮衣的男子，約莫三十歲，他的側臉露出一抹輕鬆的笑意。

陸桑點頭示意，那名男子便拿起自己的酒杯，向她靠近，在她身邊右側的位置坐了下來。

我聽不到他們說什麼，也看不清他們的表情，但猜測是那位男子想要獵豔，打開了話題而已。

我轉頭，正想和若嵐說一下關於那個男子的事，卻看到若嵐剛剛拍完照，不由得一愣，「怎麼了？」

若嵐沒有搭話，而是從公事包裡拿出一臺極小的筆電，用郵箱接收了從手機傳過去的照片。

「怎麼了？」

「查查資料庫裡的複製人資料，雖然照片不清晰，但總可以鎖定一下範圍。」

若嵐頭也不抬地說道：「你盯著他們，有問題和我說。」

我理解若嵐的行為。因為這間是以複製人為主客群的酒吧，如果對方是複製人，若嵐便可以探查對方的身分。

如果資料庫裡沒有，那麼對方就是一般人，如果有資料，那若嵐便可以鎖定對方的身分。

電腦在一點點比對男子的照片，資料庫的頭像以來不及眨眼的速度閃過。

我看到男子和陸桑聊了幾句後，男子伸出手，環過陸桑的身軀，拍了拍她的肩膀。陸桑沒有表現出抗拒這個動作的行為。

她坐在椅子上，直著腰，面帶微笑，和身邊的男人說著話。

嗯？

之前在監視器裡看到陸桑的穿著時，一閃而逝的違和感再次出現了。

「有了。」

「怎麼？有收穫？」

「他是這家酒吧老闆的弟弟，當然，他是複製人。」若嵐微微一轉筆電，讓我也看得到螢幕，「生物記錄目前三十六歲，活了十年，沒有什麼不良記錄。」

「單純只是消費者？」

「既然他是酒吧老闆的弟弟，自然就說不好了，就算老闆給他工資，但不報稅，我們也沒辦法說他在非法工作。」

「妳覺得他有問題？」話一出口，我腦中突然靈光一閃，「『德魯斯』？」

「這次反應很快啊，沒錯，既然不報稅，不公開，那麼做點法律之外的事也不是不可能，比如說販毒。」若嵐對我的反應很滿意，她讚許地看了我一眼，「而『德魯斯』這是流傳在複製人圈裡獨有的一種藥物，如果讓複製人販賣，可信度也會高一些。」

「但我聽說這種藥物並不存在，應該不會有太多人信吧？」

「你聽過德魯斯，那你知道這個名字的由來嗎？」

「呃，這個倒是不知道。」

「出自一本叫做《從奧米勒斯城出走的人》的小說（註2），這本書講述有一個叫做奧米勒斯城的地方，那裡民主，自由，自然環境優越，沒有犯罪，自然也不需要員警，所有人都可以過著幸福美滿生活的地方。」

「聽上去像天堂。」

「這個像天堂一樣的地方，有一種可以給人帶來快樂的藥物，叫做德魯斯，這種藥物不會上癮，但可以帶來不亞於毒品的愉悅。」

我聽到這句話後，忍不住譏諷了一句：「聽上去像天堂的地方還需要這個？大家靠嗑藥才能嗨？」

「書裡也只是說有，同時也認為奧米勒斯人並不需要這個，不過這本書的重點

註2　原名為 The Ones Who Walk Away from Omelas，作者為娥蘇拉・勒瑰恩（Ursula K. Le Guin）。

是，奧米勒斯城是建立在一個基礎上的。」若嵐的聲音讓我突然感到心裡發寒，隱隱覺得接下來不是關於什麼幸福快樂的好事，「這也是為什麼很多複製人會在意德魯斯的存在。」

「什麼基礎？」

「一個被關在地下室的孩子，他沒有犯任何的錯誤，從出生起他就被關在那裡，沒有人照顧他。他被鎖鏈鎖著，每天只能得到勉強可以活下去的食物，他渾身骯髒，因為沒人會為他清洗，他甚至就坐在自己的糞便上。他是低能兒，但不確定他是天生低能，還是因為沒人教養，也沒有人對他好言好語，一切對他好的行為，都是禁止的。」

「為什麼禁止？」

「因為一旦有人對他做出有益的行為，整個奧米勒斯就會崩潰，所有人都會失去幸福。而這裡有趣的是，在奧米勒斯生活的每一個人，都知道有這麼一個孩子，他們所有人都知道自己的幸福生活是建立在一個無辜孩童的無盡痛苦上的。」

我一下子便明白了若嵐特別提出這本小說的意思，「妳覺得，複製人就相當於這個無辜的孩子？」

「不是我覺得，是很多知道這個故事的複製人都是這麼覺得的……有興趣你可以去看看，挺老的書就是了。」

我覺得寫出這本書的人有些惡趣味，作者似乎企圖剝下人們道德的外衣，強迫人們去審視自己內心深處，那最醜陋不堪的部分。

但話說回來，這個內容確實引起了我的興趣。

「複製人其實還興起了一個非法的小宗教，有少數的複製人把這個當作信仰，而那個信仰的名字，就叫做奧米勒斯，他們想要追尋所謂的神藥……德魯斯。當然，這也導致一些毒販混進去做生意了。」

「我記得自治市應該是信仰自由的，除非是邪教，否則哪有什麼不自由的？」

「第一，信仰自由是人權，但不屬於複製人所有。第二，奧米勒斯的教義，也確實不怎麼正常。」

「哪裡不正常？」

「信奉用自殺來結束痛苦，呼籲信徒擁有結束生命的勇氣。」

「……」

「不覺得很像嗎？那樣痛苦的孩子，的確死了比較好，但因為低能，連自殺的能力都沒有；而複製人也一樣，他們的自殺行為，必須經過他人的幫助才能進行。」

聽到這句話，我只覺得一股寒氣從尾椎骨處往上冒，直上頭頂，忍不住打了個寒顫，「那本小說這麼邪門？」

若嵐搖搖頭，神情淡漠，雙眼看向陸桑，眼裡沒有什麼柔軟的情緒，只有如覺悟一般的堅忍，「邪門？這是剛好而已，誰叫複製人唯一被認可的權利就是自殺呢？沒有這個社會對複製人的限制，以及唯一擁有的自殺權，這世上就不會有奧米勒斯教……你如果真的要說邪門，也只是這個世道邪門罷了。」

我聽到這裡，突然想到一件事，「妳懷疑陸桑是……奧米勒斯教徒？」

「可能性不是零，至少申請自殺的複製人裡，有一半被證實是教徒。教徒有兩個目標，一個是活著尋找神藥德魯斯，另一個就是培養可以申請自殺的勇氣。」

這是很可怕的比例，如果這個資料是真實的，那麼奧米勒斯教的確很危險。

「但因為德魯斯並沒有實際存在，所以如果陸桑真的有在這裡交易……她也只能買到贗品，一旦得到確認，那就有足夠的時間了。」

足夠的時間，這是什麼意思？

將疑問說出之後，我得到回答，但這個回答卻讓我有一種不好的預感。

「很多毒品有致幻效果，並能引起精神疾病，一旦確認複製人精神存在問題，只要判定不是不可逆的，那麼她的自殺權會被公司暫時擱置。」

「我覺得從之前的談話來看，她並沒有什麼精神問題。」

若嵐聽到我的話，瞥了我一眼，沒有說話，但我的心卻沉了下去。良久，我靠了過去，壓低聲音說：「妳又想亂來？」

「如果查到了存在毒品交易，她精神有沒有問題……」若嵐的口氣冷漠，嘴裡的話讓我倒抽了一口冷氣，「自然是我說了算。」

「若嵐，在工作上，我很尊敬妳，也希望一直可以尊敬妳……」我忍著心裡漸漸燃起的怒火，「可妳這樣和栽贓有什麼區別？」

「怎麼，你想替她來告我名譽損失的賠償？」若嵐哼了一聲，聲音中帶著淡淡的嘲諷，「給一個複製人？」

「這天底下不能全都指望法律保護，還有良心！」

若嵐聽到我越來越露骨的指責，她的眼睛危險地瞇了起來，轉頭看向我，「你的良心，能讓她活下去嗎？乖學生？」

「……」

「你到底想保護自己的良心，還是想保護她的命？」

「……」

「你如果真的受不了，可以辭職……所謂『人生售後服務部』的工作，這種事是無法避免的。」

我感到肚子裡有一陣陣的委屈，明明不守規矩，沒有計畫的是這個女人，可為什麼我就是拿不出比她更好的辦法？

我深吸一口氣，舉起手，對著酒保說了一句：「不好意思，給我一杯冰水，謝謝。」

當酒保把冰水給我，我便舉起杯子一口飲盡，冰涼刺骨的寒意從胃袋裡擴散，讓本有怒焰燃起的我冷卻了下來。

良久，我說道：「我小時候考試，老師對我說，遇到不會的選擇題，先猜一個上去，這樣一般還有四分之一的可能拿到分數。」

若嵐應該沒有明白我的意思，但相信她也瞭解我不會輕易改變自己的態度，她很謹慎地點點頭，「一般人都這麼做，總比什麼都沒有好。」

我搖搖頭，「我沒有。」

「什麼？」

「我沒有聽老師的，我沒有猜，我就是把答案空著。」

若嵐的表情變了，她的眼神不再鋒銳，眼底也沒有開始的嘲諷之意，「理由呢？」

「不會做就是不會做，純粹靠猜才能拿到的分，我不拿。」我認真地看著若嵐的雙眼，語氣堅定，「妳問良心能不能救她，我不知道，所以妳這道題，我空著。但我不會亂填，所以我希望妳也別亂填了。」

「你說了這麼多，就是你覺得我做得不對？」

「不，我是覺得妳做得可能不對。」

音樂依舊嘈雜而火熱，但我和若嵐之間的氣氛卻變得僵冷起來。也許她沒有料到我一個新人敢和她頂成這樣，而我也不願意讓步。在這件事上，如果若嵐要做成，就必須要有我的配合，至少在某方面保持沉默。

所以在我有排斥的情況下，若嵐當然可以明白，就算最後真的找到了藥物，證明陸桑和非法藥物之間的接觸，她自己的做法也是不會成功的。

我不知道是不是昨天和父母的對話有關係。我願意再考慮一下是否需要辭職，所以在此之前，我不會選擇自己討厭的工作方式。

「先找到證據再說，現在說這些還太早。」

最終由若嵐定下了結論，將這個問題擱置。

並不是我們不想弄出個結果，而是因為我們發現陸桑和那個男人站起來了。

他們向裡面走去，目的地似乎是間包廂。

「怎麼辦？」

「看他們進哪個房間，等五分鐘，五分鐘他們沒出來我們就進去。」若嵐抬起手腕看了一下錶，將筆電收拾好，「五分鐘，就算是出什麼事應該也來得及。」

我心領神會地點點頭。也不光是藥品的問題，畢竟一男一女，除了安全方面需要考慮之外，也不能排除是尋求刺激的可能。

而複製人在這方面，並沒有太完善的法律規範。因為他們在法律定義上是財產，某種程度上和寵物一樣。

繩子沒有拴好，讓兩隻家犬交配，最後讓雙方主人都尷尬加惱火的事即便到現在也是屢見不鮮的，因為這種事根本不知道該如何解決以及收尾。無論是罰款還是別的懲罰措施，最終承擔責任的一定是主人。

而從情理上說，這等於是配偶劈腿，原配買單。這邏輯可以尷尬到讓當事人恨不得暈過去。

所以在這方面，確實需要保險一點。

但我多少有點緊張。從小到大我的體育成績一向在及格邊緣，至於武術什麼的……大概只有國小時期學的動感光波了。

手心捏著一把汗，但還是快步跟了上去，我看到他們進了走廊裡左側的包廂，門被關上的瞬間，腦海中忽然浮現了當時若嵐拍下的照片，而其中一張是那個男子手環過去挽住陸桑的動作，而陸桑則直著腰……

陸桑被要脅了！

我突然做出了一個讓自己都驚訝的推斷。

因為我明白了自己看到陸桑穿這套衣服時，一直飄散不去的違和感從何而來。她走路的姿態要比白天僵硬得多，而在舞池裡，她跳舞的姿態也不夠放鬆和自然，再加上她都是有死志的人了，哪裡還會有尋歡作樂的心思？

她根本不喜歡這裡！

她穿著自己根本不喜歡的衣服，化著自己根本不喜歡的妝容，來到一個自己根本不喜歡的地方！

而一個女人用自己根本就不喜歡的打扮，來到一個自己根本不喜歡的場所見一個男人，通常只有兩個可能。

她愛慘了那個男人……或者，她懼怕那個男人。

而面對愛慘了的男人做出挽住自己的動作時，正常的女人會如何？

她的身體會靠過去，如果主動一點，可能還會將頭靠在他的肩膀上。而不是如竹子似地直著腰，這只代表她的身體僵硬，她在抗拒，但理智或者恐懼讓她沒有辦法反手一個巴掌甩到那個男人臉上。

她為什麼會懼怕？

想到這裡，我的心不由得沉了下去，因為我想到了若嵐和我說的「德魯斯」。如果是因為「德魯斯」的傳說，陸桑染上了毒癮，卻陷入這個男人的控制……

莫非是因為這個，她才想死嗎？

我有點猶豫要不要提前闖進去，但看到向我走來的若嵐，想起之前約定好的五分鐘，最終還是決定等一等。

「怎麼了？」若嵐似乎看出了什麼，向我詢問。

「只是突然想到一些事，然後覺得妳的懷疑可能對了……」我看到若嵐的眉毛一挑，連忙補充了一句，「不過我覺得她應該是被要脅了，因為藥物。」

聽完我的話，若嵐立刻向包廂走了過去，「不等了，現在就進去。」

喂喂喂，剛才是誰說要等五分鐘的啊？現在才一分鐘剛過，這麼沒計畫，有點沒法忍啊……

我在心裡一面吐槽，同時另一方面也確實有些擔心。再加上身為男性，我實在不太好意思在這種情況下，讓身為女性的若嵐走在我的前面。

於是我快步追了上去，一手攔住若嵐前進的方向，另一手直接在門把上一轉，打開門走進去。

若嵐走進去的第一件事，就是看桌上有沒有什麼可疑的東西，發現桌上什麼都沒有時，便向我努了努嘴，「去搜身。」

「啊？」

「你們是誰？要幹什麼？」男子表情驚怒，他驀然從沙發上站起，「怎麼可以隨便進來？」

若嵐從胸口口袋拿出證件，「我們是第二人生的工作者，請配合調查，王先生。」

王先生表情難看，看來他知道我們已經查過他的身分，自然理解自己面對的是什麼，「你們這是要鬧事了？」

若嵐聞言，沒有馬上回答，而是緩緩走到王先生面前，她微微仰視這個比自己高半個頭的男性，表情很認真地說道：「你知不知道你在跟誰說話？」

王先生看到若嵐緩慢卻堅定地走過來，氣勢已然弱了半分，但聽到若嵐如此咄咄逼人，臉上也忍不住掛上又羞又怒的表情，「怎……怎麼了？妳就這麼闖進來，我連問都不能問？」

「你管這個叫鬧事？」若嵐言辭犀利，她的長髮在這一刻不僅沒有給她帶來任何柔美之感，反而更添三分鋒芒，「我要鬧事，隨便寫份報告，我保證你活不到下個月。」

王先生嘴唇微微顫抖，臉色煞白，再也說不出一句話。

若嵐見狀，這才點點頭，「說話注意點，你守規矩，我們當然都守規矩，如果都不守規矩，吃虧的是自己，記住了。」

一直在旁邊沒有說話的陸桑，神情複雜地看著若嵐，「……妳跟蹤我來的？」

若嵐面無表情地說著瞎話，「我如果說路過，妳願不願意信？」

這句話問得很微妙，陸桑微微一愣之後，便垂下了眼簾，輕嘆一聲，「信。」

「……信就好，跟我去洗手間。」若嵐的語氣鬆了下來，表情也不再冷硬，然後對我說道：「給他搜身，然後問話，問什麼不用我教你吧？」

我早就被她的氣場震到除了點頭其餘不知道要幹麼了，自然說好。

待若嵐領著陸桑出了房門，包廂裡陷入了安靜，只有外面嘈雜的音樂隱隱透了進來。

「王先生，請配合一下，麻煩轉身。」我客氣地要求著，然後便看到這個男人沉默地扶牆，轉過身。這個動作很流暢，他彷彿做過了無數遍，卻透著一股異樣的屈辱。

我突然意識到剛才若嵐為何如此嚴厲地把他的氣勢壓下去，恐怕是為了讓我可以面對一個軟弱的複製人。

待我將他身上每個口袋都搜過之後，翻出了一些證件，還有錢包以及手機。但最可疑的就是一個藥瓶，裡面裝著不明的白色粉末，我讓他坐下，指了指桌上的藥瓶。「那個是什麼？」

「我有胃病，這是常備藥，是沖劑。」

沖劑？我還是第一次見到沖劑用玻璃瓶直接包裝的……你上墳燒報紙，糊弄鬼呢？

我本來就對他沒什麼好感，再加上這句話實在有問題，自然不會信他，我冷冷地點頭，「那我拿回去化驗一下，如果有問題，發覺是你有意隱瞞，就不好意思了。」

說著，我將手伸向了藥瓶，王先生連忙一把攔住。

「有什麼不方便嗎？」

王先生的臉色陰晴不定，一言不發。

「我再問你一次，這是什麼？」

他頹然地低下頭，「……是，是迷藥。」

迷藥？

不是毒品！

我不由得大為意外，於是仔細盯著王先生的雙眼，「我會化驗的，所以別騙我，這到底是什麼？」

王先生憤怒地抬起頭，他眼裡的火焰好像想把我燒成灰燼，「……我都已經說實話了你還想怎麼樣？對，這個是迷藥，但我這不是還沒用嗎？」

我心中微微一動，「這個迷藥，你是準備給誰用的？」

「就……給女人用唄。」他的眼神滿是閃躲。

「哪個女人？說清楚。」

王先生猶豫半晌，指了指門外，「就剛才被帶出去的那個。」

我氣極反笑，手指點了點他的頭，「你倒還真是色膽包天啊，你知不知道人家有老公的！」

「複製人哪來的老公！」王先生憤怒地看著我，「而且他媽的都跑出來玩了，還裝什麼清純啊？」

「跑出來跟你玩啊？」

「對啊。」王先生理直氣壯地點點頭，「我跟她認識很久了，她男人不好，出來解解悶很正常吧？我剛好就比較合適嘛。」

「喔？你這麼厲害啊？」我冷笑著反駁，「那你要迷藥幹什麼？」

「啊？」王先生噎住了，彷彿吞了蒼蠅般難受。

「說實話。」

「我對天發誓，真的是她先勾引我的！」

那就沒什麼好談的了，我站起身，點點頭，「那今天就到這裡，你等著接受調查吧……我出去就報案。」

「唉唉，別別別，帥哥，別，千萬別，我知道錯了，真的知道錯了！」王先生連忙攔住我，「我說實話，是，沒錯，都是我的錯，我下次不敢了。這藥我也是第一次準備用，以前從來沒用過！」

我對這個滿口謊言的混球實在沒什麼好感，不耐煩地打斷了他的話，「我就問你最後一個問題。」

「什麼？」

「她有沒有跟你要『德魯斯』？」

「『德魯斯』？那是什麼？」

王先生一臉茫然，表情和數學課剛睡醒的學生如出一轍，看著黑板上的字元一頭霧水，滿是無辜。

我忍不住將眼睛瞇起來，心中卻疑雲遍布：他是真的不知道嗎？

第七章 過旺的火堆，神祕的花園

開車送陸桑回家，路上我們沒有說話，車上沉悶到微妙的氛圍，讓我甚至沒有辦法對若嵐討論陸桑的情況。

這一次的跟蹤並沒有讓我解除疑惑，反而讓我的問題變得更多。把陸桑送到家，若嵐沒有送她上去，只是將車窗降下，探出頭對她說道：「不要急著下決定，這事有很多選擇。妳也不算特殊，很多複製人都遇到過，但他們很多都挺過來，並且都過得不錯。」

現在已經晚上十二點了，陸桑沒有一點疲憊和沮喪的感覺，她輕輕笑了一聲，說：「晚安。」

「陸桑！」若嵐不滿地豎起了眉。

而陸桑則轉身，一邊走，一邊幽幽地說道：「這名字真好……」

她進入公寓，關上一樓的門。若嵐吐出一口氣，似乎要把胸腔裡的鬱氣都吐出來，她低頭看了看錶，「直接下班吧，你家在哪，我先送你回去。」

雖然我是男女平等主義者，但被女生送回家，然後讓她一個人回去多多少少讓我感到了挫敗。

而更挫敗的是，我連反駁的勇氣都沒，因為我不會開車……

於是我忍不住喃喃自語：「看來要把駕照考試放入年度計畫了……」

「你說什麼？」

「啊？沒事，謝謝……」我忙不迭致謝，然後忍著臉上的燥熱把自己家的地址說了一遍。

回家的路上，若嵐詢問我之前打聽到了什麼。我如實告訴她沒有發現關於毒品的資訊，也沒有隱瞞王先生對陸桑圖謀不軌的心思。

若嵐聞言，好像並不意外，只是輕輕應了一聲。

「那妳那邊呢？」

「尿檢過了，沒問題。」若嵐說這句話的時候，語氣不知道是慶幸還是失望，她的意志有些消沉，「我猜……是不行了吧。」

「什麼？」

「這種狀況我看過不少，大概不行了，她那個樣子。」

我心中起了不好的預感，「妳不會是想放棄了吧？」

若嵐不答，沉默地開車，直到她把我送到家門口，才對我說道：「你以後會習慣的。」

我看著車漸漸遠去，傻站在原地很久，才反應過來若嵐說這句話的意思。她讓我習慣，習慣什麼？

習慣失敗嗎？

還是習慣複製人的死亡？

那我這些天在忙什麼？毫無用處的加班嗎？

我突然覺得好累，長嘆一口氣，看了一眼夜空，卻連一顆星星都看不到。霧茫茫地遮蔽一切，連黑暗都看不清楚。

家門就在身後，我卻不想進去，因為總覺得進去了，今天的一切就都結束了。

剛好也有點餓了，我摸摸肚子，縮著脖子走在寒冷的夜裡。當看到不遠處的便利商店裡面熟悉的身影，忍不住笑了笑。

「這麼晚？加班啊？」

迎面而來就是申屠略顯隨意的問候，「你才剛上班多久，強度那麼大，挺不挺得住啊？」

「能有結果就行。」我在櫃檯的一邊挑選關東煮，付完錢，就捧著那碗騰騰的關東煮在透明的窗口前坐下，左側是一排雜誌，我望了一眼，發現沒什麼感興趣就轉頭盯著關東煮。

一陣椅子拖地的聲音響起，我皺著眉看了坐到我身邊的申屠一眼，「幹麼，你沒事做嗎？」

「真冷淡啊，你這樣找不到女朋友的！」

「……什麼時候輪到你對我說這種話了？」

「別小看我！我只是還沒踏上結婚這條路而已，可談戀愛這種事對我來說已經和閉眼玩超級瑪利沒什麼區別了！」

「聽不懂你的比喻，我們有代溝了。」我無比嫌棄地看了他一眼，然後夾起年糕袋煮小心地咬了一口。

我很喜歡這個豆皮包裹糯米年糕的關東煮，豆皮表皮粗糙卻飽含湯水，內部柔軟的糯米會在嘴裡化開，不僅有飽足感，還會激發起讓我喝一口湯的欲望，讓身體變得更暖。

「喂。」

「嗯？」

「你說的結果是什麼啊？工資嗎？」

「不是。」

「那是什麼？」

「天知道。」

「哈哈哈……」中屠忍不住在我旁邊笑了起來。

我放下筷子，瞪了他一眼，「很好笑啊？」

「現在的小屁孩，剛進公司就開始考慮工作成果了，老夫心中甚慰！」中屠今天說話瘋瘋癲癲的，大概是今天又把一個面試的人嚇跑，所以受刺激了。

「如果要和我說什麼年輕人要耐心，羅馬城不是一天鑄成的屁話，我先謝謝你，然後麻煩你把話憋著，別放出來。」

中屠的臉頓時黑了，「拜託能不能別用『放』這個詞？」

我哼了一聲，沒理他。

「另外，要讓你耐性點啊之類的話，我還真的沒想放……呸呸！沒想說呢。」

申屠很自虐地打了自己一巴掌，「總之啊，很多時候不要指望有結果。」

「……連結果都不指望，你還怎麼用心做事？」

「所以你看我做事用心嗎？」申屠一點不好意思的感覺都沒，完全沒有一個經營者的自覺，「我真的不用心啊，我要是老闆都恨不得炒了這種員工。」

「大哥，你不就是店長嗎？」

我忍不住仰天翻了個白眼，心裡有點後悔為什麼不去再遠一點的大排檔，記得那家店一直開到凌晨三點。

「你出去野餐過嗎？我指那種自己找柴火然後生火的那種。」

「呃，那倒沒有。」

「生火這種事，開頭肯定會麻煩點，因為不習慣，我第一次吹得一臉灰，火都沒升起來。但如果覺得升火只有開頭才需要注意，那就錯了。在野外，你能找到的乾柴很多時候都是有限的。」申屠不知道是回憶起了什麼，神情變得溫柔，全無以前的玩世不恭，「你只能找地上的那種乾柴。還活著的植物不行，燒起來煙很大，又很難點起來，根本沒法用。

而野外，不光是煮食物要用到，如果天氣冷，也是需要生火取暖的，所以柴得省著點用，如果你一股腦地全丟進去……火的確會變得很大很暖和，但很快就會燒完，那接下來你得凍死了。」

「……」我看著碗裡剩下的關東煮，一個是雞蛋，一個是竹輪，突然沒什麼胃口了。

「天氣冷，這是沒辦法的，但柴火不能滅，你要忍著點冷，小心地添柴，否則你添的柴越多，火就越大，燒得也越快。等全部燒光了，不僅溫度沒有了，你連光亮都看不到了。」

隔天，我進了公司後，開始接觸文書類工作，審核複製人的申請表，核對申請人的資訊，並將通過的部分予以分類。

直到快到中午，即將迎來午休，我忍不住對坐在側面的若嵐問道：「不去了啊？」

若嵐緩緩轉過頭看我，「不去什麼？」

「陸桑家啊，這不是還沒結束嗎？」

若嵐聞言，不再看我，而是盯著自己面前的電腦螢幕，「我昨天對你說過，她已經不行了。」

「可第三封不是還沒來嗎？」

若嵐沒有看我，但她的眉間皺了起來，顯得有些不耐煩，「是沒來，但也快了，預計下禮拜一就會到。」

「為什麼不再努力一下？」

「因為手頭的申請單已經堆到三疊了！」若嵐冷冷地對我嗆聲，「有時間問問題，不如把你手頭的東西先核對完。你是領薪水的，不要在註定不會有效率的事上浪費時間。」

我心裡的火一下子「噌」地冒上來，我感到自己的臉有些發熱，看在別人眼裡，我的臉應該已經紅了。

但理智讓我憋住了即將出口的頂撞，深深吸了口氣，看了一下電腦上的時間，也不管還差五分鐘才到時間午休，我便站了起來，「我去吃飯。」

「時間還沒到。」

「那我先去洗手間！」

我還是忍不住頂了一句。走出部門的門，經過一些人的辦公桌時，他們感覺到了氣氛不對，一些人詫異地看著我，又看看若嵐。我看到有人交頭接耳，不過倒是沒人站出來說什麼，只隱隱聽到竊竊私語「這新來的脾氣挺大」、「和若嵐槓上了有得看了」云云。

公司有自己的食堂，食堂被外來的一間叫做「晴空」的速食店所承包，賣點在於「快速，好吃，便宜」，和傳統日式牛肉飯廣告一樣。

和很多生氣了就會吃不下飯的人不同，我一生氣，反而會把仇恨放在食物上，導致吃得比原來更多。

所以我點了大份的回鍋肉套餐，拿出自己早就準備好的餐具，要求食堂的工作人員放到裡面。這裡使用的不是一次性餐具，雖然環保歸環保，但我多少有點不放心，怕他們沒洗乾淨。

我這個習慣曾經被蕊兒嘲笑，她堅持認為我不是怕髒，而是怕被下毒。

「註定平民命，卻有皇帝心。」

「總有刁民想害朕！」

這是她常用來攻擊我的話。

最後，我在還沒多少人的食堂裡找了個角落坐下。

食物出乎意料的美味，但我沒什麼心情去細細品嘗，發洩一般地大口大口往嘴裡塞著飯，心裡一個勁吐槽某個沒有良知的女人。

效率！妳拿一條活生生的命來跟我說效率！妳還可以說得再冷血一點嗎大姐！

「喔，胃口這麼好？」一帶著爽朗的笑聲，程源拿著餐盤坐到我的對面，眨了眨眼，「不介意我坐這裡吧？」

我嘴裡的食物很多，一下子沒法全部嚥下，只好忙不迭地點頭。

「挺有眼光啊，比起別的連鎖店，我們公司的回鍋肉套餐做得特別棒。」程源看了一眼我的碗，也沒對我自帶食器表達什麼看法，反而對我的選擇稱讚不已，「我們食堂這裡還有一道鹽燒魚套餐，也做得不錯，不過你第一口吃不會覺得有什麼，多吃幾口……你會覺得越來越好。」

我此時已經把食物嚥了下去，正要繼續吃，聽到這句話卻心裡一動——這人是不是話裡有話啊？

可我一抬頭，程源卻笑著開始拌著自己的咖哩飯了，於是我只好應了一聲，「以後有機會我會試試的。」

直到我把食物都吃光，想著要和他道別時，程源又開口了，「你們這是吵架了？工作上的事，商量著辦，有分歧是正常的。」

我本來已經想要站起來了，但聽到這句話，覺得走了終究有點不大禮貌，只好再留一會，「也算不上吵架，只是我覺得有些事還得再追一追，不該這麼早放棄而已。」

「為什麼不想放棄？」

「因為那是條命。」

「嗯。」程源點了點頭，他僅僅聽了這些，似乎就大概明白發生什麼事了，「你不願意放棄，是好事；不過，抱歉我說出這樣的話……在這方面，我會更相信若嵐的判斷。」

「因為你覺得她更有經驗？」我聽到這句話多少有點不舒服，可也沒必要對程源表示不滿，我也理解他更信任若嵐的態度，誰讓我是新人呢？

「這算是占一點點因素吧。」

「一點點？」

程源猶豫了一下，搖了搖頭，「有些事我不方便說，你也別問，公司裡大部分人也不知道，我能告訴你的就一點。」

「什麼？」

「不會有人比若嵐更希望那些複製人能好好活著。」

聽到這句話，我微微一愣，回想起若嵐面對複製人有些不擇手段的態度，倒也無法反駁這句話。

也不知道怎麼地，我突然想起了昨晚申屠對我說的話。

「天氣冷，這是沒辦法的，但柴火不能滅，你要忍著點冷，小心地添柴，否則你添的柴越多，火就越大，燒得也越快。等全部燒光了，不僅溫度沒有了，你連光亮都看不到了。」

這瞬間，我發現若嵐就像一把燒得很旺的柴火，開頭忙到加班，但發現希望渺小之後，柴卻沒有了，把陸桑放棄了。

她並不是冷血。

她是燒得太旺。

我回到工作的座位後，沉默地整理文件，偶爾小心地看了一眼若嵐，卻琢磨不出她的心情是否因為我的態度而變壞。

想要開口說點什麼，卻覺得也沒到需要道歉的地步。

直到下午四點，當我又將一份審核名單確認好後，若嵐站了起來。她的目光看向我，眼裡沒有冷漠和不悅，只有平靜，彷彿上午的小摩擦不存在一樣。

「今天這些東西先做到這裡，沒做完的話一會兒可以回來做，沒時間的話明天做也可以，今天不加班了。」

老天啊！我終於碰到沒加班的日子了！

但我昨天兩集《無良律師》沒來得及看，看來今天得抓緊時間，回家路上在車上先用手機看好了。

我的心情如撥雲見日，只覺得天空灑下來的陽光如希望一般溫暖了整個大地，一切在眼前都變得有希望起來了。

「跟我來。」

「喔……」我很老實地應聲，跟著若嵐走到電梯裡，看到她按了最高的二十八樓。

但電梯沒有馬上動，而是在按鍵左邊自動打開了一層審核程式，電子音隨即發出：「請出示證件和指紋。」

若嵐拿出自己的證件放在上面的卡槽裡，同時用自己的右手大拇指按在指紋監測器上。

「檢測通過。」沒有情緒的電子音再次響起。

這彷彿進入飛彈控制臺般的審核程序讓我看得一愣一愣的，終於忍不住開口詢問，「這要去幹什麼啊？」

「帶你去看複製人生命監測室，我會告訴你如何在現場確認他們死亡的方法，這是公司的行政以及商業機密，現在開始跟你說的不能外傳，如果發現資訊洩漏，你將會面臨特別刑事訴訟，而不是民事訴訟。」

這句話一出口，我剛剛變好的心情便落入了糟糕的谷底。而更糟糕的是，隨著電梯快速上升，我的耳朵竟然出現了類似暈機的症狀，耳膜隱隱變得刺疼。

若嵐沒有發現我的情況，只是微微仰頭看著電梯的樓層顯示不斷跳高，「人發明任何一樣東西，都會有了控制的辦法才投入市場，複製人也不例外。你現在即將看到的，就是公司最高安全部門，執行優先度在所有部門之上。」

「這是什麼意思？」我因為不適，腦子轉得有些慢，沒有想到太多，不由得主動詢問。

「比如說，有一個複製人在銀行劫持了人質，一旦核實，就可以在這裡從遠端殺死他，最後讓部門的人去回收，毫無風險。」

「這是什麼原理？」我從來不知道關於複製人還有這些操作，心中震驚到都不知道該做什麼表情。

這代表這間公司有著自治市最恐怖的殺人機器，從我洩漏資訊還將面臨特別刑事訴訟來看，估計還是合法的。

「你應該知道每個複製人在被製造時都會植入奈米機器人吧？」

這個我知道，做為商品的複製人從一開始的宣傳便有說明。這種奈米機器人將伴隨複製人的一生，同時監控複製人的特定行為。比方說如果複製人出現了自殺行為，奈米機器人就會釋放一定的電流讓複製人昏迷。

而如果出現複製人失蹤事件，奈米機器人裡也存在GPS定位，讓警方能迅速找到位置。

但這個訊息在我剛想起來的時候，心裡卻感受到了一種無比的寒冷。

能夠自動釋放讓複製人昏迷的電流，那麼加大電流輸出直接殺死複製人也不是沒有可能，再加上GPS定位，恐怕也只是為了讓遠端操作更便利而說出的宣傳語而已。

「當然，這也只是非常狀態的處理方式，如果是正常的自殺流程，會最大限度保留器官完好，不會使用電流這種刺激那麼大的方式。而現在讓你看的，就是常規管理方式……」

電梯發出了「叮」的一聲，二十八樓到了。

電梯門緩緩打開，夕陽的橙色光芒正對著我照過來，卻感受不到絲毫的暖意。我忍不住瞇起眼，耳中聽到若嵐幽幽的聲音。

「花園管理。」

在我面前的是一片詭異的田園。

不，應該說，只有植物，沒有田。所有的植物都是同一種類，它們每個都被放在透明的圓柱形器皿裡，散發著幽幽的光。而器皿被放在一座座巨大的架子上，架子有很多排，多到我都分不清這裡到底有多少。

每棵植物都沒有根部，似乎只有莖部，頂端如尖牙一般銳利，而底部則有刀鋒一般的切口，斜斜地泡在不知名的液體中。

「做為確認複製人生死的另一重保險，這裡每一朵花都連接著一名複製人的奈米機器人。」

「這是花？是什麼花？」

「從品種上來說，是天堂鳥，不過這種天堂鳥是公司獨有的品種。」若嵐帶領我走進去，她指給我看那些透明器皿下方的小標籤，上面寫著複製人的編號，「不過嚴格地說，現在還是花苞，一旦奈米機器人對花苞發送的生長阻斷信號中斷，花苞就會開花。」

「什麼意思？」

若嵐走在我的身前，我看不到她的表情，只能聽到她平靜地說出一句冷酷的話語，「意思就是，人死的時候，就是花開的時候。」

若嵐徑直走到編號為L的區域，從倒數第二排架子間走了進去，並在中段停下，指著其中的一瓶天堂鳥說道：「這是陸桑的。」

那一瓶天堂鳥的編號是IM043920。

和陸桑的一樣。

我茫然地看著放在透明器皿中的植物，只覺得無比怪異，明明是人，為什麼生命會和這一株詭異的植物聯繫在一起呢？

同時我也不明白若嵐為何要特地領我來這裡，正當我想問的時候，若嵐便告訴了我答案——

「她要走的時候，要把這個帶去。」

我忍不住皺眉：「她還不一定會死呢！」

聽過程源的話，我在心裡克制著自己反駁若嵐的衝動。

若嵐轉頭，瞥了我一眼，「你只是不習慣，以後會習慣的。」

但衝動轉為躁動，越來越克制不住，「妳那天就說了這句話，可到底是要習慣什麼？」

我一邊追問，一邊卻在心底對自己不斷地說：停下！鄭修元，別說了。

「習慣死亡。」

這句話貫穿我的耳膜，那一股不甘終於隨著我的話脫口而出——

「我也許會習慣死亡，但我不會習慣放棄活著！」

我看到若嵐的肩膀微微一顫，她沉默了。

隨後她轉身，踩著高跟鞋，腳步聲一如既往的乾脆。

「隨你。你想加班，就自己去吧，我不奉陪。」

我聽到這句話，愣然半晌，然後仰頭長嘆一聲。

這《無良律師》，好像跟我八字不合啊……

第八章 愁苦的男人，少女的妥協

劉顯成，男性，四十歲。

曾為一家商務公司的創辦人。十年前白手起家，在短短三年內跨國創辦了三間分公司。

直到六年前，陸桑死去不到一年，他的公司開始每況愈下，最終因經營不善而宣布破產。在四年前進入了一家機床維修公司擔任銷售人員，四年下來，工資變動不大，職位也沒有變化，雖然沒有大的發展，卻也還算穩定。

這些是我查看公司內部資料後，總結出的一些訊息。

至於為什麼要調查劉顯成，原因是以之前的角度，恐怕很難有新的進展。我期望在劉顯成這裡得到新的資訊，可能的話，也許可以依靠劉顯成做到一些事。

畢竟，劉顯成是陸桑在這個世上最重要的聯繫。可惜今天我打電話給劉顯成，卻沒有打通，一直沒人接，所以連預約都沒有辦法。

如此沒有計畫地上門有違我的原則，但今天已經是星期三了，如果陸桑星期五將信件寄出，那麼一切都會來不及，所以我還是決定碰碰運氣。

當我照著地址，坐車來到這間「大友機床維修」公司停下後，大致打量了一下這間公司。公司不小，也說不上大，可能比劉顯成當初開的公司還不如。可是從資料的年份上來看，成立的時間也已經超過二十年了。

二十年間沒有巨大發展，但也以小幅度提升營業額的公司，某種程度可算得上是穩定。

公司的大門口有著自動關閉的護欄，護欄上的鏽跡多得讓人驚訝，甚至讓我忍不住懷疑它是否還能動，門口只留下行人的通道，而緊貼著通道的是一間傳達室。

當我走近，傳達室的窗口探出一位頭髮花白的大叔，他叼著菸，瞇著眼，「有什麼事嗎？」

「找人。」

「找誰啊？」

「我找劉顯成先生。」

大叔「喔」了一聲，然後遞出一本皺巴巴的本子，本子已經翻開，「那上面登記一下，姓名和電話，時間也填一下。」

等我填完，大叔便對我隨意地揮了揮手，「進去找吧，去一樓櫃檯問問。」

道了聲謝後我便走進去，左側是工廠，我聽到裡面傳來嘈雜的機械聲和人說話的聲音，想起劉顯成是做銷售的，我便走向中間的辦公大樓。

在一樓，我找到人事部的窗口，「請問，劉顯成先生在嗎？他是銷售部的。」

窗裡是一位微微發福的中年女性，她正吃著一塊太陽餅，嘴唇上都是細碎的粉末，也許是因為我打擾她吃東西，她略帶不耐地看了我一眼，嘴裡含著食物，含糊不清的問我：「你說誰？」

「劉顯成。」

不知道是不是錯覺，聽到劉顯成這個名字時，中年女性的臉上閃過了一絲不屑，「你去樓上看吧。」

「請問幾樓？」

「三樓，門口不是有寫銷售部的位置嗎？」中年女性指了指一側的指示牌，「你直接上去找就好。」

管理還真是隨意，態度也真是惡劣，也許劉顯成混得不怎麼樣啊……聽到我要找他，那個女人一點尊重我的意思都沒有。

只是三樓，所以我也沒用電梯，走在樓梯上發現扶手積了一層薄薄的灰。看來沒什麼人打掃，這讓我忍不住皺了下眉，覺得這間公司太過死氣沉沉，一點活力都沒有。

進了帶著乾燥空氣的銷售部，我聞到來自紙張淡淡的墨水味，聽到印表機艱難地發出呻吟，艱澀地將一張張紙吐出。

沒有什麼交談聲，倒是有人趴在桌上睡覺，卻也沒人指責他。

「請問你是？」在門口的一位中年男子推了推眼鏡，滿臉堆笑地朝我走過來，「如果是要維修……」

「我是來找人的。」我的話一出口，他臉上的笑容就淡了下去。

「你找誰？」

「請問劉顯成先生在不在？」

中年男子聽到這個名字微微一皺眉，然後轉頭四顧一下，似乎沒有找到自己要找的人，最終他撓了撓腦袋，對裡面的人喊了一句：「你們誰知道『大老闆』去哪了啊？」

大老闆？是指劉顯成嗎？

不少人對他聳聳肩，表示愛莫能助，但更多的人連頭都沒有抬起來。只有一個人懶洋洋地給了回應：「快下班了你還指望他特意回公司一趟？這時候應該電話都打不通了好嗎？」

「可能是去跑業務了吧。」中年男子轉過頭，撇了撇嘴，「暫時不知道什麼時候回來，要不要幫你預約一下？你下次再來？」

沒有提前預約果然處處不便，不過今天這趟本來也是臨時決定的。至於讓面前的人幫我預約……我猶豫了一下，最終還是決定算了。

因為明天的時間還得看今天的成果，時間已經不多了，況且剛才有一件讓我很在意的事。「我想問一件事，請問能私下詢問您嗎？」

中年男子挑挑眉，可能覺得我這個人有點麻煩，但又不大好意思拒絕。他轉頭看了下四周，把我帶到角落，「想問什麼？我這邊也快下班了，不能接待你很久喔。」

我將自己的工作證拿出來，在他眼前晃了晃，「我是第二人生的人，希望接下來的談話，您能幫忙保密。」

「第二人生？」中年男子的神情微微一變，他忍不住緊張地問道：「他是複製人？我們不知道啊，當時他的證件是齊全的，我們這裡可是正經的公司！」

「別誤會，只是他擁有複製人財產，所以我需要來瞭解一下情況。」我說完這句話後，中年男子才輕吐了一口氣。

「劉顯成先生的電話經常打不通嗎？」

中年男子的表情僵住，這個問題似乎讓他感到難堪，最終躊躇了一下，才點了點頭，「主要是看時段，現在這個時間點，他人在外面，肯定是打不通了……因為他不想加班，就算真的有工作堆積，他也寧願帶回家做。」

不加班？這年頭工作還可以這麼任性喔？我忍不住瞪大了眼睛，心裡想著要不是對機床維修不感興趣，我都想問問這裡還招不招人了！

似乎是注意到我臉上的表情微妙，中年男子乾笑兩聲：「當初也是因為他有創業經驗，適合做銷售我才做主讓他進來的。我們公司很少加班，但多少還是需要的，當初也只是口頭和他說一般不加班……沒想到他竟然真的不加班，寧願人際關係不好都不加班。」

「他在公司人際關係不好？因為不加班？」我忍不住皺了皺眉，雖然現在流行加班，但僅僅因為不加班就被排擠，多少讓人沒什麼好感。

「也不完全是這個原因，起初他進公司的時候，大家對他滿期待的，畢竟開過公司，還開得不小，以為他可以幫忙擴展一下業務什麼的，結果發現他根本沒什麼，工作能力也算不上突出，平常對人也愛理不理，和他說三句都不一定回一句，很多人都覺得他太傲氣。

不參加任何公司的活動，聚餐都不來，好像不屑跟我們有交集一樣。雖然工作他還可以，但也就是還可以，僅僅是不需要別人幫忙擦屁股罷了。但他也絕不幫別人，所以有時候我們看下班時間都不用看錶，只要看他什麼時候走人就好……總之，他這人脾氣挺怪的。」

也許是說了太多劉顯成的壞話，中年男子想要彌補點什麼，「但有一點，他人還不錯。」

「什麼？」

「他對老婆挺好的。」

「喔？」

「他這幾年請假，一般只有一個原因，老婆生病了，他要陪她去醫院，或者照顧她。」中年男子說著竟然有點羨慕了，「以後我女兒有這樣的老公就好了，沒什麼出息都行啊……」

等我走出這間公司，天已經黑了，我掏出手機，找到劉顯成的號碼，決定用另外一種方式和他取得聯繫。

他只是不接電話，不想為自己回家前增加麻煩而已，他活得很專注。他的工作，只是為了生活。他不接電話是一種無聲的拒絕，想要避免糾纏，但如果他發現有自己在意的事呢？

於是我發了一段訊息過去——**劉先生，您好，我是第二人生的鄭修元，關於您的夫人陸桑，因為最近發生了一些事，涉及到您夫人的安全問題。我不知道您的夫人有沒有和您說過最近的事，所以為了安全起見，我需要和您商討，我之前打不通您的電話，現在在您的公司附近，也沒找到您，時間比較緊，您願意今天和我碰一下面嗎？**

隔了不到一分鐘，劉顯成果然回信了，簡短而有力：**她沒說過！請你在公司附近稍候，二十分鐘後我去公司門口找你。**

當我看到這個訊息的時候，嘴角一勾。我相信我的訊息可以確保劉顯成在和我會面之前不會對陸桑說什麼，因為我猜這件事陸桑隱瞞了。

他即便真的要和陸桑溝通，也必然是在和我會面之後。

劉顯成來得比他說的還要快，僅僅一刻鐘不到，我就在這間公司門口看到他。

他風塵僕僕，略顯疲憊，表情帶著些許愁苦，臉上閃著細不可見的汗漬，輕喘著氣，「請問，你是？」

「我就是鄭修元，很高興見到您，劉先生。」

在確認身分後，劉顯成點點頭，帶我進了在不遠處的一間星巴克。當我們在椅子上坐下後，劉顯成便直接切入主題，他的眼裡隱藏著淡淡的焦躁，看來陸桑對他的影響確實很大，「我老婆發生什麼事了？」

「您先別急，有些事我想先和您確認一下。」我連忙擺擺手，示意他冷靜一下，「劉先生，您知道陸女士最近晚上經常出去嗎？」

劉顯成點點頭，「我知道。」

「知道她去哪了嗎？」

「不知道。」

「您問她了嗎？」

劉顯成猶豫了一下，最終還是搖搖頭，「沒有。」

這無疑是很不正常的回答。一般情況下，生活在一起的一對夫妻，對於配偶晚上出去，無論是安全起見也好，疑神疑鬼也好，總會問一下去向。

即便不是每次都問，至少偶爾也會問一次。但劉顯成的回答是乾淨俐落的沒有。

這只代表了有意識的克制。

在意，卻忍住這樣的在意，讓自己不去詢問。

「可以問問這是為什麼嗎？」

劉顯成沒有回答，只是沉默地捧著咖啡，良久，他問道：「她到底發生了什麼事？」

「就在昨天，她差點被人下藥。」

劉顯成愕然，但隨即便懂了我的意思，憤怒染上紅色爬滿他的臉。「下藥？誰？我老婆她有沒有事？」

「別激動，別激動，劉先生，幸運的是提前發現了，她沒事，一點事都沒有。」

劉顯成喘著氣，對我瞪著眼睛，彷彿我就是那個給陸桑下藥的人。我盯著他，承受著他散發出來彷彿要殺人一般的壓力，不斷地輕聲安撫他。

「劉先生，您知道陸桑女士是什麼時候開始晚上出去的嗎？」

「有……有一段時間了吧？」劉顯成有點不確定。

「您知道是因為什麼契機嗎？」

「契機？應該是悶了吧，她今年因為當老師的事，被解雇了，我也交了罰款，她待在家裡有一段時間了，可能太悶了吧？」他有些不確定地說著，可當他看到我的表情時，頓時覺得不對了，「難道是有什麼別的原因？」

我盯著他的臉，一字一頓地說道：「雖然我不喜歡介入他人的私生活，不過關於李靜淑小姐的事，您不打算說點什麼嗎？」

劉顯成的臉色一下子變得慘白，他張了張嘴，最後長嘆一口氣，「是因為她嗎？」

「您的意思是，您承認和李靜淑小姐的親密關係了？」

「曾經是。」

我聽到這句話，微微一愣，隨後前傾身體，盯著他的雙眼，「現在不是？」

「不是。」劉顯成的態度斬釘截鐵。按理來說我實在不該相信這個劈腿過的男人，但不知為何有一種衝動，讓我不願意懷疑他，「自從……自從陸桑死了那一次之後，我就沒找過她，我當時也和她說清楚了。」

「可她最近還是來找您了不是嗎？」

「我沒法控制她，但能控制自己。不管你信不信，我都是這句話，我現在和她頂多就是普通的朋友。」說話的時候，我看到劉顯成的臉頰微微抽搐，很顯然他即便拒絕李靜淑，也絕沒有他嘴裡說得那般雲淡風輕。

「可您的這位普通朋友，很主動地上門，去見了您的夫人。」

劉顯成一怔，臉上浮現怒意，但最後卻變成一股深深的無奈和疲憊，「我就奇怪，我老婆怎麼會知道我和靜淑的事……原來，是碰過面了，可她竟然連問都沒問我，這是連懷疑都懶得懷疑，直接就肯定我出軌了嗎？」

對此我沒有發表什麼意見，只是淡淡地看著面前這個陷入懊悔和痛苦的男人，聽著他如夢囈般的懺悔——

「可我已經改了啊，我改了啊，我什麼都不要了，我這麼多年一直老老實實地上班下班了啊，我戒酒戒菸戒應酬，她為什麼還是不信我呢？」

我突然發現，這個曾經劈腿過的男人，這麼多年的時間，在這個家庭裡一直背負著十字架，在家裡可能都不願意對陸桑多質問一句。甚至陸桑想要有一份老師的工作，他也冒著風險辦了假的證件讓她試試，最後還得交一筆金額不小的罰金，卻仍然無法讓他抬起頭來。

「我可以問問，在六年前，陸女士是什麼原因去世的嗎？」

「那時候，因為靜淑的事，我和她一起去遞交離婚協議，然後分道揚鑣。我回家，她要去哪裡卻不肯告訴我，只說想去沒有我的地方……」劉顯成低著頭，他很惆悵地搓著自己的臉，「然後在去那家酒店的路上，就出了意外。」

「哪家酒店？」

「……當年我求婚的酒店。」

我張了張嘴，沒法接這句話，但已經很明顯地感覺到，當時他們之間在彼此靈魂上刻下的痕跡有多麼深刻。

「總之那次之後，我知道自己造了多大的孽，我想她活過來……我想跟她忘掉那些不好的事，我想，重新做人。以前她說我不顧家，只知道應酬，整天喝得醉醺醺把家裡弄得烏煙瘴氣……所以我都改了，她晚上要出去，我也不想束縛她，她過得開心就好。」

我覺得這個邏輯多多少少有問題，而且這個問題確實有些不禮貌，「您連問都不問，就不怕她……犯了和您當初一樣的錯誤？」

「她就算真犯了，我哪裡有資格怪她？頂多也就是扯平了。」劉顯成苦笑著搖頭，他扶著自己的膝蓋站起來，我看到他支撐的手臂在微微顫抖，「如果真的有什麼，可能我還可以好過一些呢……」

這話恐怕連他自己也覺得怪異，他拍拍自己的腦袋，「都不知道在亂講什麼，今天謝謝你了，我回去會和她說的。有些安全方面的事……的確得注意一下，李靜淑那邊，我會處理好，不讓她擔心的。如果有什麼事，你再聯繫我。」

看樣子，事情沒有我和若嵐之前想得那麼嚴重，劉顯成和李靜淑可能真的沒什麼，而就算有什麼，劉顯成願意做出積極的處理態度，我相信也可以很大程度地解決問題。

我看著劉顯成匆匆離去的身影，我頓時意識到陸桑有救了。可我卻開心不起來，完全沒有救人一命的達成感，反而覺得心裡空虛地難受。

我並不想承認生死並無意義，可如果所有人都沒有掙脫悲傷的意圖，那麼拯救又有何價值？

消沉地走在大街上，天空開始漸漸飄落冰涼的雨滴，我麻木地從自己的包裡掏出折疊傘撐起，將雨幕隔絕在外。

雨滴過於渺小，我提著雨傘的手根本感覺不到震動，宛若這些雨水並不存在。

我明明看到雨在不斷落下，卻什麼都感覺不到。

撐傘，還有意義嗎？

在彙報完我的工作進度後，若嵐並沒有表現出多大的驚喜，只是「嗯」了一聲，道一聲辛苦，便再無其他。好像我和她說的是明天的天氣預報，而不是她前段時間一直奔波，想要拯救的一條命。

我也沒有證明自己正確的得意，只是說明天會再跟緊，看看是否需要再次採訪陸桑。而若嵐則給了我建議，讓我不要再打擾他們。

因為陸桑的生死取決於他們的問題，而他們的問題，外人束手無策，恐怕還會因為外人存在而變得不夠坦誠，變得礙手礙腳。若嵐告訴我，尋找自己和複製人之間的距離，是這份工作最重要的訣竅，沒有之一。

我對此無法反駁，在和她道了聲再見以後，便算下班。

時間才過七點，雖然已經過了下班時間，可比起前兩天的加班，我已然滿足。坐在回家的公車上，微微搖晃的座椅，悄然無息在窗邊滑落的雨滴，讓眼前的嘈雜飄然遠去，我的手機播放著連自己都不知道有沒有在看的《無良律師》，呆呆地陷入腦中的混沌。

當我回過神來，卻發現自己已經在家裡了，坐在我面前的蕊兒正一臉不滿地瞪著我，「幹麼發呆？問你幹麼不吃菜呢，就一個勁吃飯……」

我這才發現自己碗裡的白飯已經被吃掉了大半，而歸我的那份蔬菜和大排則沒有任何的動靜。

「怎麼了？今天的東西不合胃口嗎？還是胃口不好？」母親在一邊問著，而父親則看了我一眼，特別傲嬌地哼了一聲。

「不合胃口也不許剩，你媽煮了好久呢。」

「喔，沒有，我會吃完的，胃口也沒問題。」我連忙做出保證，立刻夾了一大塊茄子塞進嘴裡，「蕊兒，妳昨天去哪了？」

「學校啊。」

「我是說妳放學以後去哪了？昨天回來挺晚的吧。」

「咦！你怎麼知道挺晚的，你明明最晚回來。」蕊兒的反問讓我心裡微微一跳，但好在她也沒在意，滿不在乎地說，「昨天和同學去看以前的老師啦。」

「老師？我見過嗎？」我挑了挑眉毛，裝作不知地問道：「以前我還替妳去開過家長會呢，老師我都認識，是哪個？」

「你不認識，是補習班的，不是學校裡的。」

「喔？居然是補習班的？」

「怎麼了？不行喔！」蕊兒的眉毛豎起來，大有一言不合便跟我ＰＫ的架勢。

我連忙擺手表示自己沒有開戰的意思，開玩笑，在老爸面前和她吵架，我從小到大就沒贏過，哪怕只是一次。「也不是啦，一般來說大家都比較懷念學校裡的老師吧？補習班的老師……感覺都得靠後站。」

「陸老師不一樣啦，她人很好，上課也很好懂，去年我的數學成績進步很大對不對？就是她教的！比我學校裡那個禿頭強多了。」

「蕊兒，不要這麼說話喔。」母親蹙眉在一旁輕聲說了一句，讓蕊兒俏皮地吐了吐舌頭。

「這麼厲害啊？那妳應該繼續跟她學啊。」

「人家不做了嘛，有什麼辦法。」蕊兒嘟著嘴，似乎也對陸桑辭職的事耿耿於懷，「補習班裡傳是她身體不好，所以不做了，但我昨天去她家裡，覺得她挺好的嘛。」

說到這裡，蕊兒突然話題一轉，「老哥，幫我做件事吧。」

「什麼？」

「幫我查查陸老師是不是複製人。」

我的心忍不住微微一跳，「怎麼突然有這個想法？」

「就是想知道而已，我總覺得……陸老師好可惜。」蕊兒嘟著嘴，她有些時候的直覺準得讓我害怕，「我覺得，她好喜歡當老師的。」

「妳怎麼知道？」

「因為她喜歡班裡的每個學生，怎麼可能不喜歡當老師？」

「查到了又能怎麼樣？如果她是，她還是當不了妳的老師，如果她不是，妳還要繼續糾結她為什麼辭職嗎？」

蕊兒聽到我這樣反問，倒是茫然了，她呆愣了一會，無力地嘆了口氣，「我也知道她可能再也不會當老師了，但如果可以知道真正的原因，我也更容易接受一點……唔，雖然現在也是接受了沒錯啦，哎，算啦算啦，你當我沒說。」

我突然感到了一種悲哀，「如果她是複製人，妳就可以接受嗎？」

「嗯，如果是複製人，也是沒辦法的事，除了接受也沒有第二種態度了吧？」

我放下筷子，「對不起啊，媽，我今天好像胃口確實不大好……」

老爸出奇地沒有對我說什麼，只是深深地盯著我一陣，便把我的餐盤拿過去，悶悶地說道：「我今天胃口不錯，我吃吧。」

吃完飯，坐在客廳裡和蕊兒一起看《無良律師》，我耳邊聽到蕊兒完全不顧形象地大笑，笑到喘不過氣來的聲音，卻一點都沒感覺到電視機裡的喜劇效果。

今天這集，感覺一般。不過我依舊按照自己的計畫把這一集全看完了，連片尾曲和下集預告都沒放過。

今天的戲好無聊，但為什麼我依舊看完了？

我渾渾噩噩地梳洗完畢躺在床上，看到來自劉顯成發來的訊息，上面是再一次感謝我的話語，並對我說已經和妻子談妥。可具體是如何談妥的，而最終是否會改變生活方式，他都沒有說。

談妥就好，不必深究。

我閉起眼，進入夢鄉。

可不知不覺間，噩夢來襲。

第九章

最終的申請，陪伴的柴犬

我以為這是噩夢，但在洗手間洗了一把臉後，望著公司裡被擦了很乾淨的鏡子，鏡子裡有一張異樣蒼白的臉。

我意識到這不是夢境。

今天星期一，有信來，藍白信封，是陸桑的。

當我從許渝媛手中接過那封信的剎那，我不敢轉身看若嵐的表情。我只是僵在位子上，如一隻夜晚被探照燈照到的螃蟹一樣可笑。

但我笑不出來。

陸桑到底在想什麼？劉顯成到底在做什麼？

「把信給我，我看一下格式對不對。」當若嵐神情淡漠地伸出手，我感到一陣羞恥。

因為我很確信，當時的若嵐沒有表現出一絲一毫的意外，彷彿她早就料到是這個結果，而我只是一個折騰了半天沒有半點成果，連惹人發笑都做不到的失敗小丑。

我從洗手間回到座位上，心裡的不甘越來越濃，最終忍不住一咬牙，拿起桌上的電話聽筒。正當我要按電話號碼時，一根手指伸了過來，從放聽筒的凹槽處按了下去。

我抬頭一看，是若嵐，她正表情嚴肅地看著我，「你要幹麼？」

「打電話。」

「看得出來。」若嵐點點頭，「我是問你要打給誰？」

我抿著嘴，看著她半晌，才不甘願地吐出一個名字，「……陸桑。」

「打給她幹麼？」

「我想搞清楚到底是為什麼。」

「不行。」若嵐的臉上連一根眉毛都沒動，卻面無表情地在我面前亮起了紅燈。「為什麼？」

「第三封信來了以後，一直到回收日前，不允許騷擾複製人最後的時間，這是自殺權保障的內容，不容侵犯。」

「可是明明還有機會！」

「沒有了。」若嵐搖頭，不為所動，「第三封信過來了，就沒有了，你不能再做任何干擾她的事。」

「但是……」

「現在的你太難看了。」若嵐冷冷打斷我，並對我下了一個評價，「你當還在學校裡？和老師頂頂嘴頂多叫家長？」

「……」我被這句話嗆得失去氣勢，但肚子裡的鬱悶卻沒有消滅半分，反而開始逐漸發酵。

「這是工作，沒有餘地讓你發揮自己的個性，我知道你不好受，但沒辦法，這就是成人的世界。」說到這裡，若嵐也許是發現我沒有繼續和她糾纏的意思了，她鬆開按住電話的手，「你還有沒有問題？」

我的思緒雜亂，剛剛冷水洗過的冰涼觸感還停留在臉上。我乖乖地將聽筒重新掛了回去，呆坐了一會，沒有回答若嵐的意思。

她也不生氣，轉頭便要做自己的事，但在她即將轉身的剎那，冷靜下來的我向她開口問道：「妳還記不記得那天我們去陸桑家，在監視器裡看到我妹妹也去了？」

若嵐微微一怔，點點頭，「記得，怎麼了？」

「我妹妹懷疑陸桑是複製人，想問問我能不能幫她查查。」

若嵐蹙眉，並沒有看我，她開始處理手頭的工作，手指快速地在鍵盤上敲打，「為了預防萬一我提醒你一聲，這種屬於個人隱私的情報，不准外露。」

「我當然沒有幫她查，她只是沒有辦法接受一個好老師就這樣沒了而已；所以我當時問她，如果陸桑真的是複製人，難道就可以接受了嗎？」我笑了起來，但心裡卻滿是悲涼，「我妹妹比我有出息，答案很成熟，一點學生味都沒有，妳應該會喜歡。」

若嵐沒有說話，但她敲打鍵盤的聲音已然停了下來，「……」

「她對我說『如果是複製人，也是沒辦法的事，除了接受也沒有第二種態度了吧？』」

「……」

「感覺怎麼樣？」

若嵐的手指重新動了起來，面無表情地說道：「確實，很成熟的態度。」

「可是當一個未成年人變得那麼成熟，這絕不是教育的成功，只能說明這個社會老得太快，僵得太久。」我這句話說出後，讓若嵐的眉頭皺了起來，「我沒想犯法，也沒能力改變法律，但我不想這種『成熟的態度』變成天經地義的習慣，妳覺得我現在很難看，其實最難看的是昨天晚上，我對妹妹連一句『妳的想法是錯的』都沒臉說。」

若嵐靠向椅背，將面前的電腦推到一邊，冷冷地看著我：「所以呢？你想幹什麼？」

「既然到回收日前不許接觸，那麼回收日當天總可以吧？」

「就算可以接觸，也不該做出阻止自殺權行使的事，這也是有規定的。」

「這個在公司規定裡我有看到。」和若嵐聊著聊著，我突然發現了一個模糊的突破口，雖然不太肯定，但我還是將話鋒一轉，「但，複製人自己是可以反悔的吧？」

「……是可以。」

「那不就行了？」

「但是，不能做出……」

「不能做出阻止自殺權行使的事嘛，我知道，可問題是……」因為找到辦法，我的臉上露出了笑容，「怎麼樣才算阻止自殺權行使？」

公司的條例雖然有，但我猜這方面不會有明顯的界線，因為難以界定，所以乾脆就很籠統地概括為「阻止自殺權行使的行為」。

若嵐臉上的神情開始漸漸變得嚴厲，她也意識到我指的是什麼，雙眼無意識地瞇了起來，看起來很危險。「你是準備忽視規矩嗎？」

「若嵐，前幾天在酒吧裡妳可不是這麼教我的。」我這句話一出口，頓時讓若嵐啞口無言。

畢竟，當時若嵐甚至做好了栽贓的準備。

若嵐沉默，她終於向我湊了過來，壓低嗓子輕聲對我說道：「我那是欺負複製人，他們沒有能力反抗；但你現在這是鑽公司漏洞，禁不起推敲。真要查，你覺得你洗得清？」

「誰查？妳嗎？」

「……」若嵐張了張嘴，卻是一句話都說不出。

「如果妳不查，妳不說，誰知道？」我緊緊盯著她的眼睛，我終於看到了這個一直乾脆到鋒利的女人眼底的掙扎。

「……」

「我會和她聊聊，不會有任何直接的勸阻。但如果陸桑自己反悔了，相信公司也沒話說吧？」

「你在說什麼亂七八糟的東西，聽都聽不懂。」若嵐這句話一出，讓我的心沉下去，莫非她準備裝傻嗎？難道是覺得做為一個新人，我的態度實在太囂張了？

還沒等我繼續說服她，若嵐便略帶不耐地轉過頭，「後天是回收日，那天我剛好休假，所以你自己安排，就當作給你這個新人練習，出事的話你就自己遞辭呈吧。」

我頓時大喜過望，一個勁猛點頭，「好的！一定不辜負前輩的期待！」

「話不要亂說，我什麼都沒期待過。」若嵐冷冷地說著，聽著一點都不友好。

她靜靜地端起一邊的熱茶，熱氣蒸騰，遮住她的眼睛，讓我看不清她的眼神。

雖然得到若嵐的默認支援，可面臨的情勢卻依舊沒有好的變化。我依舊不明白陸桑為什麼還有如此堅定的死志。

於是我在中午時間，打通了劉顯成的電話。

「喂？您好，劉先生，我是這個星期和您見過面的鄭修元。」

「你好，上次多謝你了。」

「打擾您了，關於陸桑女士，我還想和您確認一下。請問那天之後，你們的家庭氛圍是否有所好轉？」

「謝謝你的關心，我那天回家後就和她談了。我們把很多事都說開，真的謝謝你們的關心，這幾天我們過得很好。」

「呃，關於陸桑女士，您覺得最近有什麼奇怪的地方嗎？」

「嗯？她怎麼了嗎？」劉顯成的聲音頓時緊張了起來，「難道還有什麼事？麻煩告訴我。」

「啊，請別緊張，只是例行公事的詢問。畢竟售後服務部需要跟緊客戶的需求。」

「喔，那倒是沒什麼，如果硬要說有的話，她這幾天對我說話特別溫柔就是，我猜是因為都說開了的關係。」

「那就好，那就好，你們真是令人羨慕的一對。」我一邊恭維著，一邊看了看手頭由若嵐整理好給我的表單，不好意思地說：「接下來是一件私事，我過段時間想跟女友求婚，希望能在一家酒店裡做這件事，所以想冒昧的問一下，當年您求婚的酒店是哪間？感覺如何？」

「啊，恭喜，恭喜。我當年求婚是在城東海濱公園酒店，推薦你日落或者日出的時候給她這個驚喜。如果先告訴酒店工作人員，他們應該也有一些主意給你，這麼多年的時間，可能他們會增加不少花樣。」

「謝謝，我會去看看的。如果有什麼問題，麻煩請告訴我，我會盡快解決您的問題。」我笑著掛下電話後，身後傳來若嵐的聲音，「你要結婚？唔……還有這樣的女生啊，有點意外。」

我被她嚇了一跳，不知為何有點慌亂，連忙擺了擺手，「沒啦，沒啦，只是問問他當年在哪求婚而已。」

等等，她說有點意外是什麼意思？是覺得和我結婚的女生不該存在嗎？

等反應過來後，我竟然發現自己一點都沒有挫折感，彷彿連我自己都已經接受了這個設定。嘆了口氣，我再次確認了一下若嵐之前給我的表單，其中一格寫著陸桑希望自殺的志願地點——城東海濱公園酒店。

陸桑選擇這個地方果然不是沒有理由的。

雖然確認了這家酒店確實特殊，可我還是感到了失望和沮喪。並不是這通電話一點收穫都沒有，但這些收穫到的訊息更多是負面的。

陸桑隱瞞自己的丈夫，她想在最後幾天做一個很好的告別，她的意志很堅定。是她在這方面有著潔癖嗎？

不想被曾經背叛自己的人拯救？認為活著是一種恥辱？不，如果有著如此濃烈的恨意，就沒理由解釋為什麼她在這幾天還對劉顯成這麼好，甚至讓劉顯成感覺不到違和感。

她感覺到不捨了嗎？可既然感覺到不捨，為什麼依舊決定永遠離開？還是恐懼就如李靜淑所說，隨時會被他人奪走的未來？

腦中一團混亂，想著陸桑可能會在意的東西，在意到讓她受不了而想用死來回避的問題。

我想不到這個問題是什麼，但我相信，如果這個世界上真的有什麼理由可以讓陸桑活下去，那一定和劉顯成有關。

想要死亡的理由通常有很多，可活下去，往往只需要一個就夠了。

雖然渺小，但希望沒有消失。

星期三，下午三點，我來到城東海濱公園酒店。因為早就和他們預約溝通過，他們告訴我，從昨天晚上，陸桑就已經入住了，晚餐在酒店的自助餐廳吃，一個人。

劉顯成看來依舊什麼都不知道，可是因為今天是「回收日」，為防萬一，我沒有辦法打電話給他。

我手上提著一只藍白相間、縫隙邊緣為黑色的金屬箱子，裡面放著那株代表陸桑的天堂鳥，以及自殺同意書的最後確認檔。在確認一遍東西都齊全後，我讓穿著白色大衣的回收人員在酒店外等著。

他們的工作只有一個，就是在最短時間內回收陸桑的遺體，並盡可能保證其器官有著足夠的活力，解剖後的器官將會被分配到醫院，救治需要移植器官的病人。

這是複製人最後必然的結局，他們沒有所謂器官捐贈同意之類的東西，因為他們本身就是做為一件商品而誕生。在政府的補助之下，讓不少收入較高的一般民眾也可以承擔複製人的費用，但為了降低成本，複製人的器官將會以官方定價進入醫療市場，成為公司收入的一部分。

也就是說，第二人生還有複製器官合法買賣的業務。原本我以為這種生意並不是太穩定，畢竟不是所有的複製人都會走上這條路。可如果複製人的擁有者出現意外，那麼除了事前申請工作需求並審核通過的複製人，或由直系親屬繼承的複製人外，剩下的複製人都會面臨「強制回收」的結果。

因為複製人並沒有社會保險，政府也沒有多餘的資金一直養著他們，再加上複製人的工作限制，幾乎可以註定大部分的複製人最終都是政府眼中的失業人口。也就是說，這是為了降低失業人口比例，以及保護自然人生存空間的殘酷法律。

這種管理方式源自於流浪貓狗的管理方法，為控制流浪貓狗的數量，通常都會定期對牠們實施安樂死；只是這種方法被放到複製人身上後，在我眼中也變得更為殘酷。

「修元，把牠帶上。」身後傳來若嵐的聲音，我愕然轉身，若嵐手裡牽著公司那隻有殘疾的柴犬。

「妳不是休假嗎？」

「出來玩。」若嵐說了一句連鬼都不信的話，將手裡的狗繩朝我一遞。

我茫然接過，「我待會還要做事啊，怎麼遛狗……」

「你是不是沒仔細看陸桑的申請表？」

「啊？」當時的申請表不是直接交給妳了嗎？

看我一臉茫然的樣子，若嵐忍不住拍了拍額頭，「也是我沒歸類好，給你總結的要求裡好像沒寫，這一直都是不成文的慣例了，她想要看看柴柴。」

「為什麼？」

「算是這幾年的習慣，有複製人要走的時候，很多人都會點名想看看牠。」

還不一定呢！

我肚子裡的這句話在嘴裡逛了一圈又吞回去，這裡人不少，不能在這方面爭論什麼。至少在名義上，我是來「回收」的。

「什麼意思？牠很有名？」我低下頭，看著那隻正趴在地上，使勁撓自己耳朵的柴犬，「是因為有什麼故事嗎？」

若嵐聽到我這個問題，低頭猶豫了一下，似乎在決定要不要告訴我這件事，好一會她才抬起頭，「聽過3.8航班撕票事件嗎？」

「呃，好像有印象，記得是多年前從中東起飛的飛機被恐怖分子挾持，沒有飛抵自治市，而是在中途緊急迫降。整個談判過程拖了一兩年，可最後還是談判破裂，人質被殺的事件吧？」我對這個案件有印象，因為那次案件的影響，自治市市長甚至沒有在來年的選舉上連任，這在自治市歷史上是很少見的，在一般的情況下，每三年選舉一次，只要沒有重大過失，至少可以連任一次。

「最後出了個烏龍我不知道你有沒有印象。當時宣布被殺的人質還是有人活下來，不過是被美國軍隊救出來之後，證實了身分才還給我們的，是一位女性。」

「倒是聽過傳言，但也只是傳言而已。」

「因為輿論壓力，政府與媒體溝通後把事情壓下來了，家屬也不希望外傳以及鬧大，所以不了了之。」

「那和這隻狗有什麼關係？」

「因為宣布談判破裂，所有的人質都被殺了，所以有不少的家庭……申請了複製人。」

我忍不住倒吸了口冷氣，頭皮發麻，驚駭無比地看著若嵐，「可是最後有人還活著，那麼那位複製人呢？」

還活著，自然是要回家的；可是如果回家後，看到有個一模一樣的人取代了自己……

若嵐靜靜地看著我，沒有答話，我的心頓時涼了起來，腦海中浮現的是公司頂樓的天堂鳥部門，以及另外一種非常規的回收機制，「被公司殺了？」

若嵐冷冷地瞪著我，聲音裡帶著濃濃的警告意味，「我再提醒你一次，這叫『回收』。下次別讓我再聽到你使用形容犯罪的字眼。」

她頓了一頓之後，憐憫地看著腳邊的柴犬，「這柴柴就是當初複製人在的時候養的，但當正主回來之後，家裡自然爆發了一系列衝突。最終複製人消失了，而柴柴，卻怎麼都不肯認那個回來的人為主人，而那個活著回來的女人質……」

若嵐似乎在想一個合適的措詞，頓了一頓，「她在恐怖分子手上待了些時間，被折磨得很厲害，所以性情也變得，嗯，不太好，柴柴的腿就是她弄斷的。最終柴柴被那家人送養，來到我們公司。這件事雖然沒有廣泛傳播，但不少複製人圈子裡的人都知道，最後不知道複製人圈裡從哪裡傳出了一條規矩，如果想死了，至少在死前見見這隻狗，餵點吃的給牠，為牠曾經的主人出份力。」

我忍不住看了看正討好舔著若嵐褲腳的柴柴，當牠發現我在看牠，牠很嫌棄地對我齜了齜牙，沒什麼攻擊性，卻分外不屑。

我心裡想著狗哥你這也算是狗界裡的傳奇了，劇情竟然如此曲折，來頭這麼大，知名度那麼高，可以給你寫本書啊……忠犬八公都沒有你這麼曲折。

「我明白了，那我就帶牠去看看。」我接過狗繩後，和柴柴對視良久，最終在牠漠然的目光下敗退。我忍不住問若嵐，「牠這麼不友好，萬一牠咬陸桑怎麼辦？」

若嵐挑了挑眉，用一種讓我訝異的口吻說道：「牠不會咬的。」

「妳憑什麼這麼肯定？」

「反正牠不會咬，你放心吧。」

不知為何，我想起了有人告誡我這世上有些話是不能輕易相信的。

比如「我家狗很乖，不咬人的，只是容易興奮」。

比如「我家小孩雖然皮了點，但總的來說是很好的孩子」。

比如「都是純手工做的」。

比如「這是原裝的，日本人都用它」。

我覺得那些話和若嵐此刻說的話有異曲同工之妙。於是我決定等會一定抓好狗繩，不然出了意外就不好了。

若嵐之後就沒有跟著我了，我自己走向約定的地點。穿過酒店的後門走廊，從東南方的出口走出去，映入眼簾的便是一望無際的大海。海風在這個季節帶著刺骨的冷意，那抹冷意近乎可以蓋掉那鹹鹹的味道。

但好在還有陽光從側面照過來，讓這裡沒有陷入徹底的黑暗和寒冷。踏過細沙，腳掌感受沙灘略顯泥濘觸感，我瞇著眼，向遠處一張白色桌子處走去。

那裡並排放著兩張搖椅，左側躺著陸桑，她身上的衣服穿得並不厚，卻一點感覺到寒冷的意思都沒有。她的視線並沒有看著海，而是眺望遠處的一片風力發電機。看著它們旋轉，似乎帶著異樣的魔力，讓她怎麼都看不膩。

接近她的時候，被我牽著的柴柴似乎突然興奮起來，喘著氣一個勁地想往前衝。但因為繩子被早有準備的我緊緊抓著，牠只能把繩子拉得筆直，最後「汪汪」地叫了幾聲。

被柴柴的叫聲驚醒，陸桑轉頭看向我，露出和善的笑容，海浪聲突然大了起來，卻沒有蓋過她的聲音，「來了啊，這就是那隻柴柴嗎？」

柴柴好像聽懂她的招呼，在我訝異的目光下超狗腿地開始對著陸桑狂搖尾巴，又叫了幾聲。即便是我，我也能聽懂叫聲裡的友好。

「放開牠，讓牠過來吧。」

我頓時有點猶豫，不過看柴柴好像沒什麼攻擊意圖的樣子，同時為了接下來的談話能夠更為融洽，我最終還是決定把狗繩放開。

在我替牠解開狗繩時，柴柴喘著氣，前爪略帶不安地抓著沙地。當牠感覺到自由的那刻，便毫不猶豫地朝陸桑跑去。

但在接近陸桑的身邊時，牠卻慢下來，小心翼翼地湊向陸桑。而陸桑伸出手，在柴柴的額前撫摸起來，讓牠發出舒服的呼嚕聲。

陸桑看上去很高興，但依舊沒有打破她身上平靜的氣息，「一見如故呢，牠倒是滿不怕生的。」

不，牠應該只是對女的感興趣而已吧……

我結合之前的境遇，頓時在心裡把「大色狗」這個標籤貼在柴柴的腦門上。

我提著箱子走到陸桑身邊，她向一邊伸了伸手，「請坐吧，這個季節還讓你來這裡，難為你了。」

「呃，沒關係，工作嘛。」我在她身邊的搖椅上坐了下來，「況且這裡還是不錯的。」

「今天是平日，再加上溫度不高，你看這裡都沒什麼人。」陸桑摸了一會柴柴，便把牠和輪子鬆開，抱了起來，柴柴的兩條後腿軟軟地垂下，但牠卻很安靜，一點掙扎的意思都沒有，任由陸桑把牠抱到腿上，「這輪子雖然方便，但果然還是很不舒服吧？」

陸桑低著頭，對著柴柴輕聲地問著，可這句話卻讓我覺得她意有所指。

「我想再坐一會，沒關係吧？不會耽誤你們太久吧？」

面對陸桑客氣的問話，我連忙搖搖頭，「不會，當然不會，甚至嚴格地說，我寧願您今天讓我們全都白跑一趟。」

陸桑從白色的桌子上拿起冰涼的橙汁，瞇著眼喝了一口，緩緩嚥下後，才開口說道：「謝謝你，可這已經定下了，不能改了。」

「您還坐在這裡，您還能喝飲料，您還能抱牠，為什麼不能改？」

陸桑聞言，表情變得有些奇怪，看著我問道：「我以為，你今天只是來協助我的。」

「我是來協助您的，任何方向的協助都可以，但我希望您能選擇更為積極的方向。」

「為什麼你會覺得我的選擇不夠積極呢？」

聽到這個反問，我大腦當機了一下，幾乎以為自己的耳朵聽錯了，「您覺得自己很積極？抱歉，我從來沒有聽說過選擇死亡也可以被稱為積極。」

「你覺得積極這個詞是用來形容結果的嗎？」

「……不是。」

「那選不選擇死亡，和積極與否並沒什麼太大關係。」陸桑轉頭，又看向緩緩轉著圈的風力發電機，「它只是用來形容態度的。」

「我不理解。」

「你不能奢求能理解這世上所有的事。」

「可您在這個世上真的沒有一點不捨嗎？」我把放在一邊的箱子打開，將裡面的藍白信封拿出來，這是當初陸桑寄過來的，我把它放到桌上，「我不是想要否決一切的自殺行為，我也提倡有條件地執行安樂死，但您看看那些安樂死的案例，幾乎每個人都是身患絕症，他們身處於無盡的痛苦之中，他們沒法擁有比現在更好的未來。可您呢？這封信不該這樣寄出。」

陸桑沉默了。

第十章

迷惘的自我，殘忍的祝福

「您有愛自己的丈夫，你們有不算富裕但絕不是貧窮的生活，甚至如果您真的不滿意，您可以申請工作，只要最後和您的丈夫商談好，並排上名單，您完全可以擁有新的人生。不管怎麼想，您的未來都是有希望的，您……」

我的話停住了，因為我看到陸桑略顯疲憊地朝我擺了擺手。

「可顯成沒有。」

她的話讓我怔住了，因為我確實沒有往這個方向考慮過。

「你見過他對吧？」

「……對。」

「對他感覺如何？」

「就目前來說，他是個好丈夫。」

「不，你說錯了。」陸桑搖搖頭，低頭撫摸著柴柴，臉上滿是溫暖的憐惜，但我卻一下子分不清這種情緒她到底是給誰，「他是個太好的丈夫。」

我茫然了，我沒辦法理解陸桑。

誰會嫌棄一個「太好的丈夫」？這不應該是所有妻子都夢寐以求的嗎？

陸桑抬頭看了我一眼，也許看出我的困惑，便嘆息地搖搖頭，「一旦有個『太』字，那麼便是不正常的，至少，是有理由的。」

「……」

陸桑讚許地看著我，看來她對我的悟性很滿意，可我卻心驚於她的洞察力，「看來你明白了，沒錯，他是因為『愧疚』，所以才變得『太好』。」

「您無法原諒他曾經對您的背叛？」

陸桑笑著搖頭，她的眼裡沒有什麼恨意和懊惱，更多的是一種灑脫，「他什麼時候背叛我了？我才活了三年。」

「可您……」

「我確實成為陸桑，可我不是陸桑啊。如果我是，那麼那個被埋在墳墓裡的是誰？」陸桑的問題讓我啞口無言，她的眼神平靜而堅定，即便帶著些許悲傷在其中，卻無法改變其純粹，「我比起真正的陸桑，少了兩年的記憶；這不是顯成希望我忘記那些發生過的事，而是他希望自己能夠忘記，可事實上，加上他等我出現的時間，他一直活在他最想忘記的三年裡。」

「……」

「我只要活在這世上一天，他就一天不會出來，只要他想做個『太好的丈夫』，他就永遠都出不來。」陸桑說到這裡，她緩慢而堅定地搖頭，「我不想他這個樣子，我也不喜歡現在的他。我喜歡的，是那個永遠積極為家庭奮鬥，會為了炸雞上要不要擠檸檬和妻子鬥嘴的他。」

「在今天來這裡之前，我本想勸您為他而活，可您現在卻說想為他而死？您看看這些……」我指了指不遠處的酒店，又指了指周圍，企圖讓她看到記憶中的一切，「您說您不喜歡現在的他，可事實上，不管您活了多久，您完全接受了自己就是陸桑不是嗎？如果不是在意劉先生，您怎麼可能選擇這個地方？您真的不喜歡嗎？」

陸桑聽著我的追問，抱著柴柴從搖椅上站起來，往大海走了兩步，一陣強烈的海風吹來，吹過她卡其色的裙襬，發出獵獵聲響。也許是感覺到冷了，她的聲音聽上去有些顫抖，「不喜歡。」

我也站了起來，看著她的背影，很肯定地說道：「您說謊。」

海風在她轉身的瞬間，突然平靜了，彷彿周圍的聲音突然都離我遠去。看到她被陽光側照的臉，在那瞬間平靜地流下眼淚，帶著歉意的微笑，清晰地把聲音傳遞到我耳中，「是啊，我說謊了。」

「……」

「可這才是問題，不是嗎？」

「……」我隱約意識到了問題所在，可正因為如此，我才覺得自己的反駁和勸解如此無力，天真到可笑。

我看到她抱著柴柴，對著大海大聲地吶喊：「為什麼你們要在我的意識裡，直接告訴我我是個複製人呢！」

「為什麼要讓我得到那樣的人生，同時還告訴我那不是屬於我的呢！」

「為什麼我是這樣的一個人呢！」

她即便大喊，在海浪聲面前卻依舊顯得無力而虛弱，她即便大喊，身上那種令人平靜的氣息卻依舊沒有太大變化。

我看得出她想要瘋狂，可烙印在基因裡的某樣東西，卻生生地扼住了她的喉嚨。

而在她懷裡的柴柴，卻似乎感到了那一股莫名的不安，在她懷裡如狼嚎一般的叫了起來。聲音悠遠，宛若為她傳遞對這世間的不甘。

「嗷唔～～～」

「嗷唔～～～」

桌上的藍白信封早已被海風吹遠，但我根本沒有心思去撿，甚至看到它在空中轉了個圈，飄向遠處的大海，我依舊沒有辦法動，哪怕只是一步。

陸桑已然無言，她開始朝大海發出無意義的喊聲，她似乎打定主意一定要讓自己喊出酣暢淋漓的效果來。

她喊得氣喘吁吁，最後終於停下來。柴柴湊過去，用舌頭輕輕將她臉上的淚珠舔去。

倒退了幾步，也許剛才花了太多的體力，又也許是情緒不穩，讓她的腳步略顯踉蹌。她重新坐回搖椅上，閉著眼，深深吸了一口氣，而後長長地吐出，宛若要把剛才沒有宣洩出的鬱氣吐出來。

接著，她便苦笑起來，「連想要最後發一次瘋，都是這副樣子。複製，真的是很厲害的技術啊……」

她在誇獎這個技術，但我卻聽不出其中誇獎的意思。因為家庭關係，我一直覺得在思維足夠開放的家庭中，複製是一個極為必要的存在。

因為每個人都要面臨生老病死，很多意外也沒有辦法規定誰先誰後。

可在陸桑身上我發現，除去法律上的限制，複製本身便是一種極強的束縛。所有的思維習慣，乃至於性格的優點和缺點從一開始就被設定好了。

而最殘忍的，便是在一些資訊之中，加入了一個原本沒有的記憶資訊——你是複製人。

而在現有的體制之中，這個資訊植入確實是必要的。這可以讓複製人平穩地接受現實，而不爆發與自然人之間的衝突，最大限度地平穩過渡。

「已經可以了。」

陸桑如嘆息一般地吐出這句話，她靠在搖椅上，平靜地看著我：「開始吧。」

我想要拒絕她，可身體卻不聽使喚，顫抖著將藍白箱子打開，從裡面拿出那瓶裝有天堂鳥的透明器皿。

「這是什麼？」

「是花，這是屬於您的花。」

陸桑看著天堂鳥頂部未開的花苞，很快便意識到了什麼，「是不是只要我走了，它就能開花了呢？」

「嗯，是的。」

「真可憐，是我耽誤它了吧？」

「沒有的事，它就是您的一部分。」我聽到這句話，心裡微微一酸，忍不住開口安慰。

陸桑聽到這句話，輕聲問道：「那我是陸桑的一部分嗎？」

「……」我無法回答，只能沉默地從箱子裡拿出準備的藥瓶，倒出兩粒白色的圓形藥丸，輕聲說道：「這是藥，吃下去，您就會睡著。」

「再也不會醒來？」

我低頭，不敢對視她詢問的目光，「是的。」

「真好。」

她伸出手，從我的手心裡抓住那兩粒藥丸，卻沒有拿走，因為她的手被我抓住了。她不解地看向我，「怎麼了？」

「真的不再考慮一下嗎？」

「已經決定了。」

「我承認，複製人確實有無法逆轉的遺憾，可就像若嵐說的，很多複製人都可以過得幸福。我家也有，以您的條件，完全可以有不同的選擇！為什麼一定要選擇這樣的路呢？」我抓住她的手沒有放開，我用盡最後，也是最大的誠懇挽留她。

「是的，很多東西都是在一開始被決定了，您的大部分記憶是被製造出來的贗品，可那又如何？您感受到的快樂是假的嗎？您感受到的悲傷是假的嗎？和您生活在一起的劉先生，是假的嗎？這些都是真的！」

「請問，你為什麼要選擇這份工作呢？」

我不明白她的問題和我的問題有什麼關聯，但處於禮貌，還是很老實地回答：「因為我家也有一位複製人母親，我對幫助複製人的工作很有好感……」

「那為什麼很多人去做了銀行員，去做了超市經理，去做了船員……卻不和你一樣呢？」

「每個人都不一樣，這很正常。」

陸桑微笑地點點頭，然後開口反問，將問題繞了回來，「那你難道認為每個複製人都是一樣的嗎？」

我被這句話問住了，良久才吶吶地說道：「雖然如此，我覺得您還是會有所留戀吧？」

陸桑因為我的話，好像想到了曾經的生活，她臉上的神情變得柔和起來，她放下藥丸，收回手，「知道我為什麼會去那間酒吧嗎？」

我確實不理解，也不明白陸桑為何會去那裡，於是茫然地搖搖頭。

「因為我聽說，很多複製人在那裡有一夜情。」

「……」我微微張開了嘴，一下子不知道該做何反應。

陸桑看著我的臉，看出我心底的訝異，「很意外對吧？」

「……嗯。」

「說起來，也真是慚愧，那天你們找到的王志成先生，確實和我有關係，而且當初是我先找的他。」

王志成？那個在酒吧裡要對陸桑下迷藥的王先生？

「啊？」我忍不住張大了嘴巴，腦海中想起王志成當時滿是委屈的面孔，我還記得他伸出三根手指向我申訴。

「我對天發誓，真的是她先勾引我的！」

我當時沒有信他這句話，尤其在最後的壓力下，他苦著臉妥協，讓我對自己的判斷十分確信。

可現在看來，他當時說的可能真的是實話。

但另一方面，新的疑惑從我心裡誕生，「有關係，可他不是還想對您下藥嗎？如果真的有關係，哪裡還用……」

「所以這才值得悲傷啊……」陸桑惆悵地將柴犬放到地上，溫柔地將牠無力的後腿架在輪子上，「每到最後一刻，我都沒有辦法跨出那一步，所以王志成……可能不耐煩了吧。」

「既然不喜歡這樣，為什麼還要這樣？是因為李靜淑到您這裡，讓您無法原諒劉先生和李靜淑的隱瞞和曾經的背叛，所以也想要背叛他？」

「我說了，我才活了三年，怎麼被他背叛？至於李靜淑，她確實在我的記憶中，可我並不在乎她，對我來說，她只是一個像是老友的陌生人而已。」

「……」

「我沒有想背叛顯成，我只是想背叛陸桑而已。」陸桑看著在一旁用烏溜溜的雙眼看著自己的柴柴，憐憫地看向柴柴那架著輪子的後腿，「我想做一些，陸桑絕對不會做的事。」

「為什麼要執著在這一點呢？」

「不這麼做，我怎麼能夠確定自己真的活著？而不是替陸桑活著？」陸桑摸著自己胸口，似乎在確認那裡是否真的有心跳，她滿臉迷惘，「我真的想當顯成的妻子嗎？我對他的感情是我的，還是陸桑的？我分不清啊……」

「所以您去了那裡？」

「對，然後找一個還算順眼的男人。」說到這裡，也許是想到了王志成企圖下藥的行為，陸桑苦笑，「但事實證明，我真的沒有挑男人的眼光。其實在中間我就知道了，自己不適合那裡，我不想做陸桑，但陸桑的所有喜好都在我的身上，我不喜歡那裡的音樂，我不喜歡那裡的鎂光燈，我不喜歡跳舞，我也不喜歡喝酒……我也不喜歡那個叫做王志成的男人。」

海水不知不覺間開始上漲，開始漸漸蔓延到我們的身前，留下一片深深的印記之後，又退了下去，一層一層，周而復始。

「我的心裡所感覺到的，全部都在告訴我，不要去做和陸桑不一樣的選擇，那只會變得痛苦。」說到這裡，陸桑的嗓子漸漸哽咽，「我怎麼都躲不掉，要麼成為快樂的陸桑，要麼成為痛苦的自己，我不知道該怎麼選。」

「……」話已經到了這裡，我意識到劉顯成恐怕無法成為陸桑繼續活下去的理由了，因為劉顯成代表著陸桑想要逃離，卻又無法逃離的過去，「那，就離開他吧，這也是一個選擇。也許開始痛苦，但只要申請成功，我相信您以後還是可以找到新的生活。」

「這也是陸桑的選擇。」

「什麼？」

「她活著的時候，做的最後一個決定就是離婚。」陸桑搖搖頭，她指著柴柴後腿架子的後輪，「我現在就和牠一樣，這個架子雖然難受，可我做什麼都離不開它。」

「……」

「我確實有很多不同的選擇，可無論做何種選擇，都是陸桑的選擇，我沒有辦法從那些選擇裡挑出不是她的。我只能確定，現在的這個不是。」

「為什麼您能確定？」

陸桑的笑容裡透著光，彷彿在這一刻她才找到自己，找到了自己真正活著的證明，「因為我愛他，卻離開了他。」

「可這樣不痛苦嗎？」

「痛苦啊，可也快樂啊。至少我知道，我走了以後，顯成他一定會好起來的，他會真正擁有自己的生活，這是陸桑不會做，也做不到的，只有我才能做到。」

說著，陸桑向我伸出手，她睜大眼睛看著我，似乎在渴望得到我的認可，「我做了三年的陸桑，可在今天，我只想做 IM043920。」

IM043920，是陸桑的複製人編號，獨一無二的編號，其中沒有任何意義，只代表著生產序列的順序和類型。

可在這一刻，它擁有了成為名字的意義。

我怔怔地看著她指向桌子上的透明器皿，她溫柔地看著那株天堂鳥，「我想看到它花開，行嗎？」

「……」

陸桑，不，IM043920 伸出手，對我攤開掌心，「請你幫我。」

我以為生死之間有大恐懼，我以為一條性命的重量會讓我抬不起手，可現在我詫異地發現，我竟然將那兩粒藥丸穩穩地放到 IM043920 的手中。

「謝謝。」她很感激地對我說了一句。

我靜靜地看著她把藥丸塞到嘴裡，配著一邊的橙汁嚥下後，低聲問道：「那劉先生那裡，該怎麼說？」

IM043920 靠在搖椅上，頭部微側，看著桌上的天堂鳥，她似乎想靜靜等待花開的那一刻，「你就說，我永遠都不會原諒他，我再也不愛他了。」

「……」

「這是三年前他企圖忘掉的句點，我希望能把它接回來。」

「那您呢？您沒有什麼要說的嗎？」我緊緊盯著她的雙眼，我突然有點後悔太早把藥交給她了，她的精力很明顯開始下降，臉上已經開始顯現疲倦。

「他在我眼中是劉顯成，可我在他眼中只是陸桑，所以……沒關係了。」

IM043920臉上的疲憊越來越明顯，她說話的聲音開始帶著濃濃的鼻音，眼皮子開始打架，「他，他不需要IM043920……這個名……」

IM043920的眼簾似乎即將闔上，我知道她開始堅持不住了。而這時一抹光芒讓我忍不住轉頭，頓時發現另一處的奇景。

桌上的天堂鳥出現動靜，透明器皿中的液體開始在逐漸暗下來的天空裡發出點點的光芒，那些光芒如螢火蟲一般圍繞著，我看到那綠色的花苞漸漸無聲地展開，展開的速度如被錄影了一夜後快轉的植物，以肉眼可見的速度展開。綠色的花苞裡衝出了橙黃色的萼片，邊緣透著一抹不顯眼的紫，而當那暗藍色的花瓣綻放後，美麗就此定型。

它彷彿豔麗的小鳥展開自己的羽毛，向天空打開翅膀。

我從未見過如此令人驚豔的開花，不由得被眼前的奇蹟吸引住目光。等花朵在器皿中徹底綻放，擺脫了從一開始單調的綠色後，我立刻轉頭，急聲說道：「它開花了！您……」

我的聲音戛然而止，在我眼前的，是一位躺在搖椅上，頭部軟軟垂下的女性。她神色安詳，眼角噙著淚，嘴角掛著淺淺的笑。

我嘴裡忍不住喃喃自語，「您到底看到了沒有啊？花開了啊……」

如同回應我一般，冰涼的海水就這樣淹過我的鞋子。鞋子被瞬間打溼，那刺骨的寒意滲進襪子，可我卻毫不在意。

「嗷嗚～～～」

柴柴突然發出悠遠的叫聲，好像在為一隻飛翔天空的海鷗送行。海風愈發地冰冷刺骨，天空漸漸暗了下來，西邊橙黃的顏色在一點點消退，就如某人生命的消逝。

願你遇見花開。

願我，再也見不到這樣的花開。

早就準備好的回收人員們從東南方的出口魚貫而出，他們穿著白長袍，戴著口罩和帽子，在我面前攤開了之前收縮在一起的擔架，同時另外兩人將IM043920抱起，將她放入白色的袋子裡，我看著他們將最後的拉鍊拉上，遮住了我看向裡面那張安詳面容的目光。

「辛苦了。」他們向我打招呼，我輕輕地點頭，也對他們說一句辛苦。將柴柴重新掛上狗繩，讓我很意外的是，牠一點反抗都沒有，乖得讓人驚訝。

隨後我便渾身無力地回到酒店裡，酒店的等待大廳裡站著若嵐的身影。

「事情都做完了？」她問道。

「嗯。」我低低地應著聲。

「做得不錯，看樣子沒出什麼紕漏。」若嵐神色淡漠掃了一眼周圍，看到一切都有條不紊地進行，滿意地點點頭。

可這彷彿理所當然般的態度，卻讓我感受到了一種莫大的挫敗。

「哪裡做得不錯了？」我嗤笑一聲，心裡糾結成一團亂麻的情緒讓我沒有辦法接受這樣的誇讚，「我還口口聲聲說要讓她活下去呢……結果，就跟妳開頭說的一樣，一點改變都沒。」

「……」

「我什麼都沒做到。」強烈的不甘讓我的拳頭緊握，「從進公司開始，我沒有做到任何事。所有的一切就這麼發生了，有我和沒有我都一樣。」

若嵐抬手，將左側的鬢髮捋到耳後，轉頭看向正在把擔架往車上擡的回收人員，「我看過袋子裡的那張臉，她在笑。」

「……」

「能走得開心就好。」

「……」

「我們不是醫生，不是為了讓人長命百歲才工作的，能讓她笑著離開，就說明工作完成得不錯。」若嵐拍拍我的肩膀，手指很有力地在我的肩膀上捏了捏，好像要把她自己的力氣灌注進來一樣，「你做得很好，比我想得好多了。」

「……」

「不過話雖然這麼說，今天工作還有最後一個環節，這是你的第一個案子，善始善終，由你去說吧。」若嵐很乾脆地轉過身，領著柴柴往外走去，同時朝我隨意地揮了揮手，「把她最後想說的，用你的方式告訴我們的客戶。去他家，我今天休假，沒法開車送你，你自己去吧。」

對了，劉顯成還不知道呢……可非得讓我去說嗎？

我腦海中浮現了那張略顯愁苦的臉龐，頓時感到一股莫大的壓力。

走到大門口的若嵐似乎想到什麼，她回過身，皺眉指著我的腳，「對了，你的鞋子都溼透了，怎麼那麼不小心？趕快去換一雙，趁還有時間，這附近應該有鞋店。」

第十一章 信標的參照，分手的愛意

複製人制度是自治市獨有的，多年以來給予社會福祉，挽救那些支離破碎的家庭。可並不是所有的家庭都可以擁有這樣的幸運。

一支藥劑，沒有辦法治療這世上所有的疾病。一種制度，自然也沒有辦法來應對這天下間所有的問題。

這世上，辦法要比問題多；可能夠同時使用的辦法，卻永遠要比問題少。很多選擇題之所以痛苦，不是因為找不到正確答案，而是發現面前所有的選擇都是錯的，可我們必須選擇一個。

而此刻去面對劉顯成，對我來說就是這樣一道艱難而痛苦的選擇題。

半滿的咖啡杯摔在地上變得粉碎，細碎的玻璃渣和黑色的液體四處飛濺，同時響起的是劉顯成不可置信的狂吼——

「這不可能！」

他雙眼血紅地站在客廳裡，渾身發顫，聲音因為用力嘶吼變了腔。「她今天早上還打電話給我，讓我把床單洗一洗……還答應我下個禮拜休假去那家義大利餐廳！」

「我也很遺憾，但這是事實，劉先生。」

「殺人凶手！」他憤怒地朝我撲過來，雙手用力扯住我的領子，把我按到牆上。後腦撞上牆的那瞬間，劇烈的疼痛帶著暈眩席捲我的腦部。

「請您冷靜點，劉……先生……」我略帶痛苦地回應。

「冷靜，你讓我冷靜？你老婆死了你能冷靜嗎？」

也許是因為疼痛，也許是因為那讓我噁心的暈眩感，眼前好像掠過了一張安詳的面容，可看清那面容的剎那，一股無名的怒火便從胸腔裡燃燒起來——

「你老婆早在六年前就死了！她死了很久了！」

聽到我這句話，劉顯成便鬆了手，他彷彿受了重重一擊，蹣跚往後退了幾步，「死了？」

我因為感到不適，咳了兩聲，摸了摸後腦勺，似乎腫起一個小包，然後才點點頭，「是的，死了。」

劉顯成呆滯地軟倒在地上，臉上露出似哭似笑的面容，「那這些年陪我的是誰啊？我不是讓她活過來了嗎……」

「你讓她活過來了？那為什麼她會少了一年的記憶？你不是讓她活過來了，你只是找了一個沒法辭職，沒法割捨痛苦的演員來安慰你，讓你可以繼續活在六年前而已！」

我看著眼前這個痛苦的男人，心裡感到不忍，但同時也感到憤怒。這種憤怒無理得讓人發笑，因為我覺得自己根本沒有資格去指責他。

聽到我的話，劉顯成渾身一顫，結結巴巴地否認，「……我、我沒有，我只是捨不得而已。」

「……」

「你把她還給我。」劉顯成突然爬過來，他抓住我的腿，哀求我，「我都已經改了啊，我都改了啊，你把她還給我，她要是還是不開心，我還可以改啊！」

「……你全改了，那你還是她的丈夫嗎？」

劉顯成聽到這句話呆住了，良久，他鬆開手，低頭抽泣。「那你們至少也讓我看她一眼，再看她一眼，讓我好好跟她說說話再讓她走啊！」

我深深吸了一口氣，讓自己恢復冷靜，「抱歉，劉先生，根據合約，一旦複製人進入回收流程，她就不再屬於你了。」

劉顯成聽到這句話，神情一黯，可隨後他就抬起頭，充滿希望地看著我，「那她有沒有什麼話留給我？她最後走得好嗎？痛苦嗎？她有沒有什麼心願想達成的？」

「她走得很開心，沒什麼心願，只留給您一句話。」

「什麼？」

「她說她永遠都不會原諒您，她不再愛您了。」

正當我以為劉顯成會因為這句話而崩潰哭泣時，劉顯成卻很平靜地搖搖頭，「不是這句話。」

「什麼？」我一下子沒明白他的意思，難不成他是不願接受事實嗎？

「這是我老婆六年前對我說的，而我想知道的，是現在的她最想對我說的。」

「……」

「我明白了，什麼都沒有，是吧？」

「……是。」

「對不起，我沒心情請你喝咖啡了，請你走吧。」

「好的，劉先生，鑒於複製人的自殺執行已經完成，您的名字將會被我們列入黑名單，從今往後，您將失去申請複製人的資格。」

「我再也不會申請了。」劉顯成坐在地上，雙手抱著頭嘆息著，「求求你走吧。」

我對著劉顯成鞠了一躬，按照公司規定那般，輕聲地對他說道：「請您節哀，並願您今後的人生裡不再需要我們的服務。」

當我走到門口時，忍不住回頭看了他一眼，想了想還是以私人的角度給他一個忠告——

「劉先生，我不會說做人無論什麼事都要往前看，偶爾回頭緬懷自然是必要的，可如果你不敢往前看……她就白死了。」

劉顯成的身軀猛地一顫，他不可置信地看著我，然後好像明白了什麼，頓時嚎啕大哭起來。

門在身後關上，背後隱隱傳來劉顯成痛苦的哭聲，我站在大門口，面前是一位我見過的女人——李靜淑。

「為什麼不進去？」我問著話，話音裡卻忍不住帶了點刺，「他現在已經是一個人了。」

「沒有進去的必要了。」李靜淑神情平靜，完全不在乎我話裡的刺，「我到現在才明白，他永遠都不會屬於我了。」

我以為自己沒有聽清楚，於是追問了一遍，「什麼？」

「我一直覺得自己爭得過陸桑。」李靜淑的眼眶微紅，眼裡似有晶瑩閃爍。「六年前她死了一次，我花了六年時間以為可以挽回，可現在……」

「……」

李靜淑轉過身，聲音微顫，語調中滿是惆悵，如一朵即將凋謝的薔薇，「我永遠都爭不過一個死了兩次的人。」

有些事做了就是做了，再悔改都沒有辦法改變已經發生過的歷史。如果用悔改來要求他人諒解，那這種行為本身便是一種可恥的道德綁架。

更何況，如果是真正的悔恨，又哪裡會因為他人的諒解而消失？這種悔恨只會在餘下的人生裡不斷糾纏，乃至有一天解開，徒留一道惆悵的嘆息。

陸桑的複製並沒有讓劉顯成的人生變得美好，甚至讓他浪費了這些年的光陰，一直徘徊在失去陸桑的三年裡，深陷泥沼不可自拔。

如果劉顯成從一開始就是如此的好丈夫模樣，他也許不會有事業有成的經歷，但陸桑恐怕不會對他失望。可如果不是經歷那一次的背叛，劉顯成恐怕也不會意識到陸桑在自己心裡的分量，自然也不會有蛻變。

這便變成了一種悖論，從IM043920的表現來看，原型陸桑也肯定會喜歡真正成熟起來的劉顯成，可劉顯成變得成熟的條件，卻是失去陸桑。

他們在錯誤的時間，遇到了正確的彼此。

這最終導致了如若嵐一開始所說，劉顯成最後成為了並不適合擁有複製人的申請者。

可話又說回來，到底誰適合呢？

我家嗎？我家就真的適合嗎？我母親她到底是怎麼想的呢？

當我回到家裡，發現蕊兒正滿臉疑惑地打著電話。我問她怎麼了，她說她打不通以前老師的電話，覺得有點奇怪。

我不由得沉默，然後對老爸說蕊兒可能遇到不懂的數學題，但打不通老師的電話。於是老爸就很興奮地跑到女兒房間去教數學了。

吃完飯，和蕊兒在客廳看了《無良律師》的最後一集，是皆大歡喜的圓滿大結局。走出客廳後，發現母親還在廚房裡忙，我猶豫了一下，然後走了進去。

「你怎麼進來了？」母親問道。

「好久沒來幫妳了，就想進來看看有什麼事做。」我不好意思地笑笑，看到洗碗槽裡的碗已經洗得乾乾淨淨，而另一邊的瓦斯爐卻點起了火，「在做什麼？」

「喔，也沒什麼，只是準備做點小點心，讓蕊兒明天帶到學校分給同學。」

「有什麼是我可以做的嗎？」

「今天怎麼了？」母親盯著我良久，突然關心地問：「不開心啊？」

「……」

「工作上的事？」

我忍不住撓撓腦袋，「也不完全是。」

母親點點頭，沒有細問，她指了指冰箱，「……今天還是多做點吧，讓你明天也帶去給同事。修元，幫我打兩顆蛋。」

我一怔，連忙點頭，打開冰箱拿出兩顆雞蛋，在碗的邊緣輕輕一敲，然後將蛋殼丟進廚房的垃圾桶裡。

我拿出打蛋器攪拌起來，一邊攪拌，一邊瞥了一眼母親。「媽。」

「嗯？」母親沒有回頭，她正從冰箱裡拿出牛奶，慢慢倒進量杯裡，小心翼翼地倒出她預想的分量。

「妳開心嗎？」

「嗯，挺開心的啊。」

「為什麼會開心？」

「咦，你這個問題有點奇怪呢？」母親微微一愣，隨後她笑著從一邊的鍋裡拿出一小塊蛋糕，「來，嘗嘗……味道怎麼樣？」

我咀嚼著口腔裡散開的蛋奶香味，嫩滑的蛋糕顆粒在嘴裡如巧克力一般柔軟地化開，不由連連點頭，「好吃！」

「這還是半成品，但也可以吃就是了。」母親抿嘴一笑，然後將話題轉到我剛才的問題上，「你的問法，就好像我不該開心一樣。」

「……抱歉。」

「道什麼歉，玩笑話而已。」母親皺著眉，讓我停下手裡攪拌蛋液的動作，「怎麼啦？跟我說說？」

「我這幾天碰到一個人。」我試著開始組織語句，在不洩漏情報的情況下，將困惑說出來。

「嗯。」母親點頭，微笑聆聽。

「是複製人。」我小心翼翼地補充了一句，然後觀察母親的表情變化。

「嗯。」她依舊有耐性地點頭，同時用眼神鼓勵我繼續說下去。

「她分不清自己和原版的區別，所以很痛苦，痛苦到想死的地步。」

「是很讓人難受，不過你到底想說什麼？」

我一咬牙，便把這個問題略顯冒失地提了出來。「媽，妳分得清嗎？妳分得清自己，和那個……已經走了的人嗎？」

母親微微一愣，啞然失笑，那輕鬆的表情好像這根本就不是一個問題，「只憑我自己，當然分不清，可你爸從一開始就分清楚了。」

「啊？」我沒有想到是這個答案。

「他和我第一天見面的時候就說，他的孩子還小，需要一個母親，而他會把我當作另外一個人。但因為我身上有他妻子的所有特質，他很喜歡，他還說自己這樣的人，除了你母親那樣的人外沒有人會看上他，所以他說他準備重新追我一次……也會顯得比較熟練。」

啊？那個悶悶的中年死宅能夠說出這種讓人臉紅心跳的話？

但想到這裡，我不由得有些慚愧，「對不起，我和蕊兒從來沒有想過，把妳當作另一個人……」

「不，如果你們把我當作另一個人，恐怕我反而會難受呢，總覺得和孩子之間隔了一層，不過……」母親的嘴角扯出一抹笑容，她好像想起了曾經的回憶，「你真的沒有把我當作另一個人嗎？修元？」

「呃？當然沒……有？」我突然發現自己有些不確定了。

因為我想起小時候的自己，在第一次看到這位母親的時候，是那般的僵硬和局促，如果不是蕊兒面對她的態度，如果不是她真的有如母親一般的胸懷，我哪裡還會跟她相處得如此融洽？

「你從小就是個細心的孩子，讓你喝牛奶，連玻璃杯上有個手指印你都不肯喝，覺得杯子沒洗乾淨，細心到揉不得一點沙子；何況連媽媽都換了，你又怎麼會接受？所以當初來這裡的時候，蕊兒還好，我和你爸其實最擔心的是你啊……」

這話我聽得面紅耳赤，心想小時候我還覺得家裡最麻煩的是蕊兒，那丫頭又調皮又驕縱，被全家寵得翻了天，可結果在父母眼裡我才是最讓人頭大的那個。

也許是看到我尷尬得恨不得鑽地縫，母親很善解人意地笑了笑，回到開頭的話題，「其實關於這件事，不用太鑽牛角尖。不管是人，還是複製人，都沒有辦法一個人活下去。」

「什麼意思？」雖然我懂母親這句話的含義，可我不明白和今天 IM043920 死去的事有什麼關聯。

「如果你在路上迷了路，手上沒有地圖，你會怎麼樣？」

「呃，我會問路吧。」話題轉得有點快，我跟得有些吃力。

「對，沒有人一開始就認得路，我們得問，他們會告訴你路在哪裡。如果沒有人，我們會看路標，我們會看太陽的方向，也就是說，我們不是靠自己才明白自己是誰的。我們靠的是他人或者別的事物來當作一種參照，來明白自己到底是什麼人，在哪裡，以後往哪去。」

母親笑咪咪地舉了一個俏皮的例子，「就和你的名字是你的一樣，可使用它的，往往卻是別人。」

說起來，這個腦筋急轉彎的問題我還做過呢……記得和「被你打死後的動物，流的卻是你的血，請問是什麼動物？」的問題是一組的。

「複製人和原型一模一樣是比較特別的狀況，可如果說這就是所謂的自我問題，難道一般人就沒有了嗎？他們會受家裡父母的影響，受學校老師同學的影響，受這個國家文化的影響……在這麼多的影響下，他真的是一個純粹的自己嗎？我不覺得這和被原型影響有什麼太大區別。」

「……這麼一說，的確是。」我頓時有點迷惘了，同時感到莫大的沮喪，越發覺得 IM043920 不該如此輕易地死去。

「可你會想死嗎？」

「當然不會。」我自然搖搖頭，雖然是完美主義者，但我才不會鑽這種牛角尖。

「可為什麼你說的那個人會？」母親提出了重點，我並沒有透露太多，可我隱約覺得，母親好像很清楚我遇到的事。

「……」

「她應該是沒有路標，她沒有可以告訴她她是誰的人，所有人都把她當作另一個人，除了她自己。」母親說到這裡，很惋惜地嘆了口氣，「當然了，複製人本來就是被當作另一個人才出現的，有這種境遇在所難免；可歸根究柢，終究是她自己太孤獨了。」

聽完後，我心結倒是解開不少，長吁一口氣，「媽，妳瞭解得真多。」

「你以為我有多博學啊？這附近有複製人沙龍，每個禮拜都有聚會，我偶爾會去看看……這種事，見多了。」母親嘆了口氣，無奈地搖搖頭，「每個人都有各式各樣的事，相比之下，我就比他們幸運多啦。所以有些時候，我也會過去聽聽他們的煩惱，有些事能幫就會去幫一下。」

「媽，說起來，妳有沒有聞到一股焦味啊……」

「……唉呀！蛋糕！」

那朵天堂鳥在經過包裝後，製作成標本，第二天由我親自送到劉顯成手上。我告訴他，這是代表那位已經逝去之人的花。

劉顯成將那個裝有天堂鳥的木質標本框抱得很緊，好像害怕再一次失去某個人。他到底怕失去的是陸桑，還是IM043920，我已經分不清了。

當我從他家裡走出來，若嵐正坐在車裡等我。她發動車子，看了一眼手上的錶後，略顯詫異地揚起眉毛對我說：「比預想中的快一些，他沒鬧了嗎？」

「嗯，他現在應該可以平靜地接受這件事了。」我小心地瞥了一眼若嵐，覺得她今天有點不對勁，「妳怎麼不進去啊？就讓我一個人去？」

「這種工作一個人就能搞定，進去幹什麼？」若嵐看都沒有看過來，口氣淡漠到讓我幾乎以為那一點點違和是錯覺，「你還是新人，盡快讓你有獨立解決問題的經驗，這種機會比較難得，你能做到就盡量做吧。」

「說是這麼說啦，但總覺得……」

「……你有意見？」

「啊，不是啦，我還是很感謝妳能把這個機會給……」

「我不喜歡他。」若嵐打斷我的話，很直白地把這件事告訴我，她斜斜地瞥了我一眼，「現在，你好奇心滿足了嗎？還是你還想讓我告訴你為什麼討厭他？」

「對不起。」我頓時只能尷尬地道歉，「不……不用了。」

雖然我確實很想知道，但在這種情況下，我實在沒有辦法繼續追問下去。而為了擺脫尷尬，我看了一下手機上的時間，發現快下班了，時間比預計要早許多，不由得有些欣喜。

但接著我就發現，這好像不是回公司的路。「呃，若嵐，這是去哪？」

「還早，去看看潔雯，我總是有點不放心她。」

「她？她有什麼事嗎？」我一臉茫然。

若嵐輕嘆了口氣，彷彿對我的敏感度很失望，「你國小或者國中談過戀愛嗎？」

「呃，國中的時候，勉勉強強算有過。」

「什麼叫『勉勉強強算有過』？到底有還是沒有？」

「沒有確認關係啊，也沒有說什麼喜歡來喜歡去的，只是牽了下手而已。」

「這不一定是戀愛吧？」

「應該是吧？」我也有點不確定，「好歹完成了接吻的前半部分？」

「接吻還有一半的？」

「電視上不是都會閉眼嗎？那個就是了。」

「……就閉眼？」若嵐忍不住轉頭看了我一眼，那表情就和看一個瘋子沒什麼兩樣，「沒成功是因為有人來被打斷了？」

「不是，是我最後還是沒親下去……」我嘆了口氣，只覺得臉上火辣辣的疼，就如記憶中一般，「然後她睜開眼給了我一巴掌。」

「……為什麼沒親下去？」

我此刻已經豁出去了，乾脆把真實的理由告訴她，「我喝水的瓶子都不和別人混用的。」

「啊？」若嵐的悟性顯然在這方面不夠，完全無法領會我的意思。

於是我很有耐性地解釋：「嘴對嘴肯定會沾上口水的，妳難道不會感覺到好髒嗎？」

「……」若嵐的表情在我眼中向來都是比較淡定的，很少會出現這種宛如便祕一般的痛苦表情，「你是不是有毛病？那你們一開始閉眼幹什麼？你一開始肯定是想親的吧？」

「這種感覺，就和吃臭豆腐一樣，你要吃，就得忍受那個如公共廁所一般的味道……」我自認為打了一個很具體的比喻，「我小時候很饞，看到吃的都想試試，看到臭豆腐我很想吃，但聞著那個味道我就不行了……我確實挺喜歡她的，當時也準備要親下去，但眼睛一閉上，就立刻想到了口水，所以失敗了。」
不知道為什麼，車裡的氣氛變得有點詭異，我隱約感覺到若嵐好像想打我，所以我忍不住朝旁邊靠了靠——她的眼神好凶喔。
「我第一次聽見把接吻形容成臭豆腐的，你真有創意。」
「也沒有妳說的那麼誇張啦……」我客氣地附和。
「我沒在誇你！」若嵐冷冷地瞪了我一眼，眼裡帶著殺氣，讓我嚇得腿腳發軟。「……她竟然沒有送你進醫院，真是個善良的好姑娘。」
她突然那麼生氣做什麼？這女人簡直不可理喻。
「看來不用指望你理解什麼叫少女心了，那我換個方式跟你說吧……知道羅密歐與茱麗葉效應嗎？」
「沒聽說過，那是什麼？」
「陷入戀愛的男女雙方，受到外界的阻礙或者干擾，情感會變得更加強烈，戀愛關係反而變得更加堅固。」
這下我總算懂若嵐的意思，我對那個可憐少女的印象也非常深刻。「妳是想說，她還在和那個男孩子交往？」

「有這個可能性。這個年紀的少男少女普遍不喜歡考慮得太長遠。」說話間，我們到了一間名為青山中學的學校，若嵐在校門口附近停下車。「等著吧。今天先盯一盯，沒什麼事的話就走，直接下班。」

「沒預約嗎？」我本能地就發現這件事一點計畫性都沒有，頓時有點排斥。當然更主要的是，我不希望成為那個少女眼裡的惡魔。

拆散青春期少女戀愛的成人角色，不論是在哪部戲裡幾乎都是反派啊……

「預約了你還能查到什麼？」若嵐白了我一眼，讓我啞口無言。

時間在枯燥的等待中過去，幸好離中學放學的時間已然不遠，當天空悄然染上昏黃的顏色後，鈴聲響起，學生開始陸續地走出校門。

大約過了五分鐘不到，若嵐突然身體向前一傾，似乎想要看清什麼，我也連忙看向她看的方向，卻沒發現潔雯的身影，「怎麼了？我沒看到她啊……」

「我看到那個男生了。」

「哪個？」

若嵐指了指，我看到一個穿著校服、戴著眼鏡的斯文男生，他正靜靜地站在校門外的一側，低頭看著手機。

這讓我的心裡有點不安。站在校門口低頭看著手機，這一副就是在等人的樣子。而這一抹不安迅速變成了現實，我看到男生放下手機，抬起頭，看向校門，而潔雯剛剛走出校門。

他露出開心的笑容，高舉雙手揮了一揮，卻沒有大叫。這已經足夠，潔雯很快便看到那男生，她一路小跑地靠過去，卻很快又停下腳步，表情不知所措。

因為我們的車開過去，停在他們兩個人中間的不遠處。

下車後，我聽到若嵐淡漠地說了一聲，「你們好，兩位。」

「妳好。」男生詫異地點點頭，然後走過去，站在潔雯身邊。我注意到他的身軀隱隱把潔雯擋在身後，不由得對他大起好感。

「潔雯，記得我跟妳說過什麼嗎？」

潔雯蒼白著臉，一言不發。而在她身前的男生似乎感覺到她的不舒服，他往旁邊跨了一步，完全擋在潔雯身前。他側著身子，低聲對潔雯說道：「沒事，別怕他們。」

他們？

這個口氣，好像可以確定目標人群一樣。按照道理，不是應該先問我們是誰嗎？莫非……

「叔叔阿姨，你們，是那間公司的人吧？」

叔叔……我的臉忍不住抽動了一下，稍微有點在意這個稱呼。

不過更讓人驚訝的是，男生好像知道很多事。我和若嵐對視了一眼，都有些訝異，而我同時還看到若嵐眼裡燃起的憤怒和擔心。

因為複製人將自己的身分暴露給不是複製人的人，無疑是一件危險的事。

若嵐上前一步，冷冷地看著這個男生，「潔雯都跟你說了？」

男生很顯然被若嵐的氣勢嚇到，他的神情相當緊張，額頭冒汗，「是。」

若嵐又看向躲在男生身後的潔雯，質問道：「妳知不知道自己在做什麼？這種事都說出去？是不是要讓我對妳媽說讓妳轉學？」

「你們別怪她！」彷彿老鷹捉小雞遊戲裡的母雞那樣，男生伸出雙手，往後一攔，「是我這個人比較喜歡刨根問底而已。」

「所以？」若嵐挑挑眉，下巴微微揚起，「你想跟我們說什麼？但是很抱歉，我們並不是找你，同學，請你讓開。」

「我知道她跟我不一樣，潔雯她什麼都跟我說了。」男生看上去膽子並不大，他終究有些害怕，但依舊如生根的樹一般，牢牢地釘在原地，一步都不肯挪開，「我知道我沒有辦法做什麼保證，這些我都明白。」

「既然明白，你就讓開，並且希望你從今往後不要隨便接近她。」若嵐根本沒有耐心去聽男生的話，她略帶不耐煩地說：「明明知道結果不可能好到哪裡去，這種關係還有意思嗎？同學，你年紀不小了，要學會成熟點。」

「每個人的結局都是死，所以我們現在應該什麼都不做，就去死嗎？」男生忍不住憤怒地反駁，「她已經很可憐了，你們這樣欺負她有意思嗎？」

這話說得我面紅耳赤，我覺得自己在這一刻像個混蛋。

但若嵐不為所動，「同學，我再警告你一次，你繼續這樣我就報警了，你在妨礙我們的日常工作。」

「我們已經決定分手了！」

男生突然大聲對若嵐喊道，他眼裡滿是不甘，咬著嘴唇說，「這樣你們就不用擔心什麼了吧？」

這話讓我有點意外。他說要分手，可從他現在這個樣子來看，我實在看不出他有這方面的意願。

「當然，不是現在。」男生補充了一句，「我們現在二年級，還有一年多，我們只想在這一年裡多在一起一陣子，可不可以？」

「……」

「我已經跟她約好了，畢業以後就分手，我再也不會去找她，再也不會去看她，這樣總行了吧？」

「……」若嵐的臉色陰沉，我看得出她有點猶豫了。

「我們已經把你們想要的結果給你們了，就一年！這都不行嗎？」

「行！當然行，我靠，看得眼淚都要掉下來了！」冷不防地，一陣浮誇的聲音從我們身後傳過來。

同時我感覺到肩膀一重，不由得轉頭看過去，我發現一張笑嘻嘻的臉。那個人一隻手搭在我的肩上，另一隻手則拍在若嵐的肩膀上。

若嵐迅速把他的手拍開，她的臉色已經變得很難看了，但居然沒說什麼，只是哼了一聲轉身便走。

留下我和面前這個笑嘻嘻的人，以及另外兩位不知所措的少男少女。

若嵐徑直走向車子，打開車門後，皺著眉對我說道：「還不走？不想下班了嗎？」

「啊？喔。」我有點慌亂地點點頭，跟了過去，臨走前看了一眼那個嘻皮笑臉的人。他是個年輕的男人，穿著西裝卻沒有扣好西裝的釦子，領帶也是鬆垮垮的。彷彿一個黑社會裡跟著老大混的小弟，上不了檯面的那種。

但僅僅這樣的一個人，卻讓若嵐讓步了。

在車上，我小心翼翼地問：「他是誰啊？」

若嵐沒有回答。

然後我又問了個問題。「那潔雯的事，妳準備怎麼辦？」

「……一年以後再盯吧。」

「……」

若嵐被我詭異的沉默弄得不爽了，她轉頭哼了一聲，「怎麼？你是不是覺得惡魔竟然也會發善心啊？乖學生？」

「沒、沒那麼誇張啦，只是稍微有那麼……」我用兩根手指做了一個極其微小的縫隙，「……一點點的意外。」

「……活著，總會有點風險。」若嵐說到這裡，頓了一頓，低聲說道：「我不想她最後，變得和陸桑一樣。」

聽到這句話，我突然意識到，原來那個死去的人，並沒有從若嵐的心裡消失。

「以後你沒事看著點。」若嵐瞥了我一眼，對我提了一個有點沒道理的要求，「如果她出什麼事，唯你是問。」

我卻忍不住笑了起來，換來若嵐的一聲冷哼，「笑什麼？不想答應啊？」

「沒，我答應，呵呵。」

「你還笑？」

「笑笑又不犯法……」

若嵐終究還是心軟了，雖然她為了讓複製人生存而表現了各種讓我驚訝的堅忍，甚至有不擇手段的傾向。

但終究，她避不開自己的善良。

我瞇起眼，看著前方漸漸落下的夕陽，忍不住用一種很感性的聲音說道：「若嵐……」

「幹什麼？」

「妳這車多久沒洗了啊，車窗上都有灰塵了。」

「……」

後記

這本書花的時間比較久，倒不是寫得不順，純粹是面臨畢業，論文和小說兩頭燒，所以耽擱了些時間，讓大家久等了，同時感謝大家的閱讀。

當作者的，很多人喜歡去製造一些道德困境，我也特別喜歡。製造道德困境，面臨一些選擇和誕生一些看法所產生的矛盾，可以讓我們更清晰地知道自己是什麼人，思考起來會很有趣味。

這本書的源頭也是如此，生命之所以寶貴，是因為死亡的不可逆。但如果生命可以被完全的代替，我們是否就可以不需要去畏懼那樣的離別？

很久以前，看過阿諾的《魔鬼複製人》，當時是第一次知道複製人的概念，讓我感到震撼，對社會來說，這彷彿是一種永生的效果。可當時有一個畫面讓我很震撼，最終BOSS受了重傷，即將死去之前，複製了自己，而那位被複製出來的

BOSS，極為冷血的走出來，剝光了原型的衣服，讓自己穿上，一點都不在意另一個自己的死活。

如果可以讓「自己」這個標籤永遠存在，那我們是不是可以不再尊重自己的生命了？

這讓當時的我受到很大的衝擊，即便是現在也記得那個畫面。

從大學開始出道，現在即將從研究所畢業（也不知道會不會被延畢XD），這些年出的一些書，基本上都會留一些思考的餘地給自己和各位讀者，因為我覺得這是成為一本好書的基本條件之一，也是可以讓自己成長的最重要條件。

這一集所提出的主題是自我，在書裡我藉著劇情大略地談了一下個人看法，但我相信還是有很多不同的關於自我的看法。畢竟在當今資訊爆炸的社會中，要保持自我確實是一個值得關注的問題。

這世上最可怕的就是當你下了一個決定，你以為是自己下的，但其實是別人下的。這件事可怕的地方不在於你下錯了決定或者你無法下決定，可怕的地方在於渾然未覺。因為忙碌的生活以及過大的壓力，我們往往失去了一種對自己的敏感。

所以在這個系列裡，我會埋一些線，建議讀者自己去發現其中的一些問題，用這種方式來填補書裡沒有寫到，或者我也沒有想到的空白。用這種方式，來看看自己對一些事有多敏感。

寫這系列對我來說也是一種挑戰，在這一年，新的系列，新的人生階段，新的編輯。未來充滿不可預知的事，但讓人躍躍欲試。我會希望自己有能力可以保持全職寫小說，在二〇一八年將產量提高一些。

希望各位在新的一年裡也能向自己的目標邁進。

千川

2018年1月3日東京

國家圖書館出版品預行編目資料

人生售後服務部 / 千川作. -- 1版. -- [臺北市]：
尖端出版, 2018. 1-
冊；　公分
ISBN 978-957-10-7821-2 (第1冊：平裝)

857.7　　　　106017775

翼想本
人生售後服務部1

著　者／千川
發 行 人／黃鎮隆
副總經理／陳君平
副　理／洪琇菁
執行編輯／洪琇菁
企劃宣傳／邱小祐、劉宜蓉
封面插畫／Ooi Choon Liang
美術編輯／方品舒
國際版權／黃令歡
文字校對／施亞蒨
內文排版／謝青秀

出版／城邦文化事業股份有限公司 尖端出版
台北市中山區民生東路二段一四一號十樓
電話：（〇二）二五〇〇—七六〇〇
傳真：（〇二）二五〇〇—二六八三
E-mail：7novels@mail2.spp.com.tw

發行／英屬蓋曼群島商家庭傳媒股份有限公司城邦分公司 尖端出版
台北市中山區民生東路二段一四一號十樓
電話：（〇二）二五〇〇—七六〇〇（代表號）
傳真：（〇二）二五〇〇—一九七九

中彰投以北經銷／楨彥有限公司
（含宜花東）電話：（〇二）八九一九—三三六九
傳真：（〇二）八九一四—五五二四

雲嘉經銷／威信圖書有限公司 嘉義公司
電話：（〇五）二三三—三八五二
傳真：（〇二）二三三—三八六三

南部經銷／威信圖書有限公司 高雄公司
電話：（〇七）三七三—〇〇七九
傳真：（〇七）三七三—〇〇八七
客服專線：〇八〇〇—〇二八—〇二八

香港經銷／城邦（香港）出版集團有限公司
香港灣仔駱克道一九三號東超商業中心1樓
電話：（八五二）二五〇八—六二三一
傳真：（八五二）二五七八—九三三七
E-mail：hkcite@biznetvigator.com

新馬經銷／城邦（馬新）出版集團Cite（M）Sdn. Bhd.
E-mail：cite@cite.com.my

法律顧問／王子文律師　元禾法律事務所
台北市羅斯福路三段三十七號十五樓

二〇一八年一月一版一刷
二〇二〇年三月一版四刷

■中文版■

郵購注意事項：
1.填妥劃撥單資料：帳號：50003021戶名：英屬蓋曼群島商家庭傳媒(股)公司城邦分公司。2.通信欄內註明訂購書名與冊數。3.劃撥金額低於500元，請加附掛號郵資50元。如劃撥日起 10～14日，仍未收到書時，請洽劃撥組。劃撥專線TEL：(03)312-4212 ・ FAX：(03)322-4621。E-mail：marketing@spp.com.tw

翼想本

翼想本